AF674743

हिन्द पॉकेट बुक्स

आदि कवि

महर्षि वाल्मीकि

वाल्मीकि प्राचीन भारतीय महर्षि हैं, जो आदिकवि के रूप में प्रसिद्ध हैं। उन्होंने संस्कृत में रामायण की रचना की। उनके द्वारा रची रामकथा वाल्मीकि रामायण कहलाई। रामायण एक महाकाव्य है, जो कि भगवान श्रीराम के जीवन के माध्यम से हमें जीवन के सत्य से, कर्तव्य से, परिचित करवाता है। इस पुस्तक मे उन्हीं आदि कवि वाल्मीकि के महान जीवन की कथा को प्रेरक ढंग से उकेरा गया है। यह जीवनी अत्यंत रोचक होने के साथ-साथ बेहद शिक्षाप्रद भी है।

इस जीवनी को बच्चों और किशोरों के लिए सजाया-सँवारा गया है, ताकि इसे पढ़कर उनमें उनके जैसा बनने, ऊँचा उठने और दुनिया के लिए अच्छा करने की प्रेरणा जगा सकें। यह जीवनी बहुत ही आसान भाषा और रोचक ढंग से लिखी गयी है, ताकि इसे स्मरण करने में भी आसानी होगी। इसके साथ ही इसमें आकर्षक चित्र भी दिए गए हैं। साथ ही आपकी परीक्षा के लिए प्रश्नोत्तरी भी, हल कीजिए और अपने ज्ञान की परीक्षा आप स्वयं कीजिए।

सुरुचिपूर्ण एवं प्रेरणादायक सचित्र जीवनी

आदि कवि

महर्षि वाल्मीकि

विराग गुप्ता

एम.ए. (इतिहास), एल.एल.बी.

हिन्द पॉकेट बुक्स

पेंगुइन रैंडम हाउस इम्प्रिंट

हिन्द पॉकेट बुक्स

यूएसए | कनाडा | यूके | आयरलैंड | ऑस्ट्रेलिया | सिंगापुर
न्यू ज़ीलैंड | भारत | दक्षिण अफ्रीका | चीन

हिन्द पॉकेट बुक्स, पेंगुइन रैंडम हाउस ग्रुप ऑफ़ कम्पनीज़ का हिस्सा है,
जिसका पता global.penguinrandomhouse.com पर मिलेगा

पेंगुइन रैंडम हाउस इंडिया प्रा. लि.,
चौथी मंजिल, कैपिटल टावर -1, एम जी रोड,
गुड़गांव 122 002, हरियाणा, भारत

पेंगुइन
रैंडम हाउस
इंडिया

प्रथम संस्करण हिन्द पॉकेट बुक्स द्वारा 2014 में प्रकाशित
यह संस्करण हिन्द पॉकेट बुक्स में पेंगुइन रैंडम हाउस द्वारा 2022 में प्रकाशित

10 9 8 7 6 5 4 3 2

इस पुस्तक में व्यक्त विचार लेखक के अपने हैं, जिनका यथासंभव तथ्यात्मक सत्यापन किया गया है, और इस संबंध में प्रकाशक एवं सहयोगी प्रकाशक किसी भी रूप में उत्तरदायी नहीं हैं।

ISBN 9789353491710

मुद्रकः रेप्रो इंडिया लिमिटेड

www.penguin.co.in

FSC www.fsc.org MIX Paper from responsible sources FSC® C047271

This is a legitimate digitally printed version of the book and therefore might not have certain extra finishing on the cover.

क्रम

जन्म और ऋषियों के ज्ञान भरे प्रश्न

वाल्मीकि प्राचीन भारतीय महर्षि हैं। ये आदिकवि के रूप में प्रसिद्ध हैं। उन्होंने संस्कृत में रामायण की रचना की। उनके द्वारा रची रामायण वाल्मीकि रामायण कहलाई। रामायण एक महाकाव्य है जो कि श्रीराम के जीवन के माध्यम से हमें जीवन के सत्य और कर्तव्य से परिचित करवाता है।

कुछ लोग महर्षि वाल्मीकि का जन्म नागा प्रजाति में हुआ मानते हैं, तो कुछ ब्राह्मण कुल में। लेकिन यह निर्विवाद तथ्य है कि महर्षि बनने के पहले वाल्मीकि रत्नाकर के नाम से जाने जाते थे। कई शास्त्रों में ऐसा विवरण भी है कि महर्षि कश्यप और अदिति के नवम पुत्र वरुण (आदित्य) से इनका जन्म हुआ। इनकी माता चर्षणी और भाई भृगु थे। वरुण का एक नाम प्रचेत भी है, इसलिये इन्हें प्राचेतस् नाम से उल्लेखित किया जाता है। ऐसे महान संत और आदिकवि का जन्म दिवस आश्विन मास की शरद पूर्णिमा के दिन मनाया जाता है।

उपनिषद् के विवरण के अनुसार ये भी अपने भाई भृगु की भांति परम ज्ञानी थे। एक बार ध्यान में बैठे हुए वरुण-पुत्र के शरीर को दीमकों ने अपना ढूह (बाँबी) बनाकर ढक लिया था। साधना पूरी करके जब ये दीमक-ढूह से जिसे वाल्मीकि कहते हैं, बाहर निकले तो लोग इन्हें वाल्मीकि कहने लगे। यहाँ हम उन्हीं वाल्मीकि की जीवनगाथा से आपको परिचित करा रहे हैं।

चलिए तो हम आपको रामायण काल में लेकर चलते हैं। विंध्य की श्रेणियों में चित्रकूट और प्रयाग के बीच एक भयंकर वन था। उसमें दिन में जाने में भी डर लगता था। लेकिन पशु-पक्षियों के लिए वह किसी स्वर्ग से कम

नहीं था। उस वन के बीच में एक पग डण्डी-सी बनी हुई थी, जो इस बात की द्योतक थी कि उससे होकर राहगीर आते-जाते हैं। लेकिन अचानक ही हिरण उठ खड़े हुए और पगडण्डी को छोड़कर एक तरफ भागने लगे, क्योंकि पगडण्डी पर आगे बढ़ते हुए सप्तऋषि आ रहे थे। सप्तऋषियों के मुख से ओम्...शांति...ओम्... की वाणी पक्षियों की चहचाहट को और भी संगीतमय बनाती हुई चली जा रही थी।

लेकिन अचानक !

"ठहरो !" एक झाड़ी में से आवाज आयी।

उसे कड़क आवाज के साथ चिड़ियाओं की चहचहाहट तो रुक गयी, लेकिन ऋषियों के कदम धीरे अवश्य हुए पर आगे बढ़ते ही रहे। ऋषियों को रुकते न देख फिर आवाज आयी, "सब के सब बहरे हैं क्या ? ठहरो !"

"सारा ब्रह्माण्ड ही परिवर्तनशील है! फिर भला कोई ठहर कैसे सकता है?" भयानक जंगल के बीच पगडंडी से गुजरते हुए सप्तऋषियों में से सबसे आगे चल रहे अग्नि ऋषि ने फिर उल्टे प्रश्न किया, "कौन हो? सामने आओ!"

"लो आ गया सामने!" कहकर झाड़ियों से एक विशालकाय युवक बाहर निकल आया। उसके हाथ में खंजर था। सिर पर मोर के पंख बंधे हुए थे। बदन पर केवल मैली धोती लिपटी हुई थी। कन्धों पर धनुष-बाण लटके हुए थे। उसे देखते ही ऋषिवर समझ गये कि यह कोई डाकू या लुटेरा ही है।

अग्निऋषि ने उससे कहा, "कहो, बच्चा क्या बात है?"

जो कुछ तुम्हारे पास है मुझे देकर चलते बनो।" उस डाकू ने कहा।

"हमारे पास है ही क्या? हमारा तो यह शरीर भी नहीं है। यह भी यहीं छोड़कर चले जायेंगे और एक दिन यह मिट्टी में मिल जायेगा।"

"हे ऋषिगण! अपनी दार्शनिकता अपने पास रखो और जहाँ हो वहीं ठहर जाओ, नहीं तो....।" डाकू ने आंखें दिखाते हुए धमकी दी।

"नहीं तो क्या?" अग्नि ऋषि ने नम्रता के साथ पूछा।

"तुम सातों ऋषियों के धड़ अभी जमीन पर लुढ़कते नजर आयेंगे!"

और फिर!

सब ऋषि जहाँ थे, वहीं रुक गये।

"लो ठहर गये हम तो, तुम कब ठहरोगे? अग्नि ऋषि ने कहा।

"तुम कहना क्या चाहते हो?" डाकू ने पूछा।

"इतना भी नहीं समझे!" मुस्कुराकर अग्नि ऋषि ने आगे पूछा, "क्या नाम है तुम्हारा?"

"मेरा नाम रत्नाकर है।" डाकू ने ऐंठ के साथ अपना नाम बता दिया।

"हमारा मार्ग क्यों अवरूद्ध किया?"

"जो कुछ तुम्हारे पास है, मुझे देकर चलते बनो।"

"हमारे पास तो कमण्डल और देह पर लिपटी हुई मृग चर्म के अलावा और कुछ भी नहीं।"

"इनका क्या करूँगा मैं, मुझे कोई साधू थोड़े ही बनना है।"

"आपको कमण्डल और मृग चर्म नहीं चाहिए!"

"नहीं!"

"तो क्या चाहिए?"

"निष्क!"

"निष्क अर्थात् स्वर्ण मुद्राएँ हमने कभी देखी नहीं हैं। कैसी होती हैं स्वर्ण मुद्राएँ?"

"क्या? तुम लोगों ने कभी निष्क देखी ही नहीं, फिर तुम्हारा जीवन कैसे चलता है?"

"हम तो ईश्वर भक्ति में संलग्न में रहते हैं, इसलिए जन्म से लेकर आज तक हमें धन की जरूरत ही नहीं पड़ी।"

"तुम मिथ्या बोल रहे हो। तुम लोगों ने अवश्य ही अपना धन कहीं जंगल में छिपाकर रखा हुआ होगा।"

"हमने कहीं कोई धन छिपाकर नहीं रखा हुआ। हम सत्य बोल रहे हैं। सप्तऋषि कभी मिथ्या वचन का उच्चारण नहीं करते!"

"मैं कैसे विश्वास करूं?"

"किसी और से पूछ लो कि सप्तऋषियों को धन की जरूरत होती है कि नहीं!"

"ओह! बहुत खूब! मैं किसी से पूछने जाऊं और तुम मौका देखकर भाग जाओ, यही चाहते हो ना तुम लोग!"

"नहीं हम यहाँ से नहीं जायेंगे, आप निश्चिंत रहें।"

"मुझे मूर्ख समझते हो।"

"हमने तो आपको मूर्ख नहीं कहा!"

"ठीक है, तुम सातों एक जगह आपस में कमर से कमर मिलाकर खड़े हो जाओ। मैं तुम सातों को रस्सी से एक साथ बांध देता हूँ और फिर किसी से पूछने जाऊँगा कि ऋषियों को धन की जरूरत पड़ती है या नहीं।"

"जैसी तुम्हारी इच्छा।" अग्निऋषि ने कहा और फिर सातों ऋषि पीठ से पीठ भिड़ाकर आपस में खड़े हो गये।

डाकू रत्नाकर, झाड़ियों से रस्सियों का गुच्छा उठा लाया और फिर उसने उन्हें उस रस्सी से बांध दिया। तभी उसी पथ से रत्नाकर को एक और ऋषि आता हुआ दिखायी दिया। वह नारद थे। बंधे हुए ऋषियों को देखकर नारद जी सब समझ गये। लेकिन पहले उन्होंने कुछ भी बोलना उचित नहीं समझा। रत्नाकर ने सोचा कि पहले इसे लूटा जाये और बाद में पूछा जाये कि सप्त ऋषियों के पास धन होता है कि नहीं। यही सोचकर रत्नाकर ने नारद जी को भी रोक लिया, लेकिन उसे बड़ी निराशा हुई क्योंकि नारद जी के पास भी कुछ नहीं था। गुस्से में रत्नाकर डाकू ने नारद से पूछा, "कौन हो तुम? और खाली हाथ घर से क्यों चले हो? कहाँ जा रहे हो?"

"देखो भाई, मेरा नाम नारद है। मैं अक्सर देवलोक से यहाँ आता हूँ। मुझे कभी धन की आवश्यकता नहीं पड़ती, इसलिए अपने पास कभी भी स्वर्ण मुद्राएँ या अन्य प्रकार का धन नहीं रखता।"

"क्या आप देवलोक से आ रहे हैं? आपने देवताओं के दर्शन किये हैं? कैसे होते हैं देवता?"

"हाँ मैंने देवताओं के दर्शन किये हैं। बहुत तेजस्वी हैं देवगण!"

"क्या बहुत सुंदर होते देवता? क्या मैं भी देवताओं के दर्शन कर सकता हूँ।"

"क्षमा करना तुम देवताओं के दर्शन नहीं कर सकते!"

"क्यों, क्यों नहीं कर सकता मैं देवताओं के दर्शन?"

"तुम ठहरे डाकू और लुटेरे! देवता तुम जैसे आदमियों को दर्शन नहीं देते।"

"ओह! तो क्या मैं बहुत बुरा आदमी हूँ।"

"सो तो तुम हो! क्या तुम जानते नहीं कि चोरी करना या डाका डालना बहुत बुरी बात है? तुम क्यों लोगों को लूटने का काम करते हो?"

"मुझे और कोई काम आता ही नहीं है, इसलिए चोरी या डकैती से ही धन कमाता हूँ। बिना धन के परिवार का पेट कैसे पालूँगा?"

"क्या तुम्हारे माता-पिता और पत्नी तथा बच्चों को पता है कि तुम चोरी और डकैती के धन से उन्हें पाल रहे हो? मुझे विश्वास है कि जिनके लिए तुम यह सब कर रहे हो, वे लोग तुम्हारे पाप में भागीदार नहीं बनना चाहेंगे।"

"क्यों नहीं बनेंगे मेरे पाप में भागीदार? मुझे तो घर के सब लोग जी-जान से चाहते हैं।"

"देखो भाई सुख में सब साथी होते हैं, लेकिन दुःख में तो परछायी भी साथ छोड़ देती है, इसलिए मैं पूरे विश्वास के साथ कहता हूँ कि तुम्हारे पाप

में तुम्हारे परिवार वाले कदाचित् भागीदार नहीं बनेंगे। तुम चाहो तो उनसे पूछकर आ सकते हो!"

रत्नाकर भले ही डाकू था, लेकिन उसका हृदय बहुत ही अच्छा था। नारद मुनि की बात उसके हृदय में बैठ गयी और उसने नारद को भी सातों ऋषियों के साथ बांध दिया और फिर शीघ्रता के साथ घर की ओर कदम बढ़ा दिए।

शंका–समाधान

रत्नाकर के मन में ऋषियों के प्रश्न बराबर गूंज रहे थे, यही कारण था कि वह उनका शीघ्र ही समाधान करना चाहता था। जहाँ उन्होंने ऋषियों को बांधकर रखा था, वहाँ से तीन-चार कोस दूर गाँव में रत्नाकर का घर था। उस युग में अधिकांश धरती वनों से आच्छादित थी, इसलिए वह गाँव वनों की सीमा में ही बसा हुआ था।

उस गाँव में मुश्किल से सौ घर होंगे। सभी घर कच्ची मिट्टी की बनी हुई ईंटों से निर्मित किये गये थे। सबके घरों की छत घास और फूंस के टाटों से बनाई गयी थी। किसी भी घर की दीवार पर चूना या सफेदी का नामों निशान भी नहीं था, क्योंकि सबके घरों की दीवारें गाय के गोबर से पुती हुई थी। घरों के दालान और बगड़, गाय के गोबर तथा पीली मिट्टी मिलाकर पोते गये थे। सभी के घरों में गेरू की बाट दी हुई थी। बाट की चौड़ाई छह अंगुल से ज्यादा नहीं होगी, जो ज़मीन से लगाकर दीवार के नीचे के हिस्सों पर ही दी गयी थी, चारों ओर धरातल पर नहीं। घर के मुख्य दरवाजों पर गोबरी के ऊपर गेरू के घोल और खड़िया से सुंदर अल्पना अर्थात् मुग्गु बनाये गये थे। रत्नाकर के घर में तीन छप्पर अर्थात् कमरे थे। एक पशुओं के लिए, एक उसके व पत्नी के लिए तथा तीसरा उसके माता-पिता के लिए। सबसे पहले रत्नाकर अपने माता-पिता वाले कमरे में गया। उसकी माता गेहूँ में मिले हुए कंकड़ व जौ के दाने साफ कर रही थीं। पिता बैठे हुए सन से रस्सी बट रहे थे।

रत्नाकर ने माता-पिता के चरण स्पर्श करके उनसे पूछा, "हे प्रातःस्मरणीय

मात-पिता, मैं आज तक आपका पालन पोषण चोरी और डकैती के धन से करता आया हूँ। आप यह नहीं जानते कि आज तक मैंने आप लोगों को सुखी बनाने के लिए न जाने कितने निर्दोष पथिकों को मौत के घाट उतारा है। मैं आपसे पूछना चाहता हूँ कि क्या आप मेरे पाप के भागीदार भी बनेंगे?"

"नालायक दूर हो जा हमारी आँखों के सामने से!" पिता ने उसे फटकारते हुए आगे कहा, "चोरी करना पाप है और इस पाप में हम तुम्हारा साथ नहीं दे सकते। इसलिए इसी समय घर त्यागकर चला जा और कहीं डूब मर।" इतना कहकर उसके पिता ने रस्सी बटना भी छोड़ दिया। उसकी आँखों में तो मानों खून उतर आया, क्योंकि उसे आज तक पता ही नहीं था कि उसका बेटा उन्हें पाप की कमायी लाकर देता है। आगे वह कुछ बोलता उससे पहले ही रत्नाकर की माताजी ने दुत्कारते हुए कहा, "तुम अपने कर्मों का फल स्वयं भोगोगे। यदि भगवान ने हमसे पूछा भी क्या तुम अपने पुत्र के पाप में भागीदार बनना चाहोगे तो हम तो यही कहेंगे कि हमारा पालन-पोषण करना पुत्र का धर्म था। उसने पाप के धन से हमारा पोषण किया या धर्म के धन से हम नहीं जानते, लेकिन इतना तो निश्चित है कि हम पाप के भागीदार नहीं बन सकते। जो पाप हमने किया ही नहीं, उसके भागीदार भला हम क्यों बनेंगे?"

माता-पिता के वचन सुनकर रत्नाकर के हृदय को आघात लगा और वह जल्दी-जल्दी में उस कमरे से निकले लगा, तो दहलीज से पैर टकराकर उसे ठोकर लग गयी। उसे गिरते देख पिता के मुख से निकला, "अभी भी समय है संभल जा।"

"लो संभल तो गया!" गिरते हुए रत्नाकर ने अपने आप को संभाल लिया, लेकिन उसके अंगूठे से रक्त की धार बह चली। दहलीज में टकराने से अंगूठे में चोट लग गयी थी। अंगूठे की मरहम पट्टी किये बिना वह अपनी पत्नी सतवंती के पास जा पहुँचा। पत्नी अपने कमरे में लगी हाथ की चक्की से गेहूँ पीस रही थी। वह पसीने में तर हो रही थी, लेकिन फिर भी एक हाथ

से चक्की में दाने डालती जाती थी, तो दूसरे हाथ से उसके हत्थे को बराबर घुमा रही थी। पति को देखते ही उठ खड़ी हुई, "आज बहुत जल्दी आ गये!" कहकर जैसे ही उसकी नजर रत्नाकर के पैरों की तरफ पड़ी तो फिर वह बोली, "हाय, यह क्या हो गया? कैसे लग गयी चोट?"

"यूं ही ठोकर लग गयी।"

"ईश्वर ने तुम्हारे बदले मुझे क्यों न दे दिया यह जख्म।"

"अच्छा इतना प्रेम करती हो मुझसे!" रत्नाकर ने पूछा।

"अपने प्राणों से भी ज्यादा!" फिर आगे बोली, "देखकर नहीं चलते क्या? तुम बैठो मैं अभी नीम के बक्कल को गंगाजल में घिसकर लाती हूँ। लेप लगा दूंगी तो एक दिन में ही जख्म भर जायेगा।" कहकर जैसे ही वह बाहर जाने लगी, रत्नाकर ने अपनी पत्नी के कंधे पर हाथ रखते हुए प्रश्न किया, "प्रियतमा! मैं आज तक तुम्हारा और बच्चों का पालन-पोषण चोरी और डकैती के धन से करता आया हूँ।

मैंने तुम्हारा और बच्चों का पेट पालने के लिए भयंकर पाप किये हैं। इसलिए मैं जानना चाहता हूँ कि जब मुझे मेरे पापों के कर्मों का फल मिलेगा, तब क्या तुम मेरे पापकर्मों के फल की भी भागीदार बनोगी?

पत्नी ने झटके के साथ अपने कंधे से पति के हाथ को अलग हटा दिया। और फिर उसने रत्नाकर से कहा, "मैं अग्नि के समक्ष सात फेरे लेकर तुम्हारी अर्धांगनी बनी हूँ, तुम्हारे दुःख-सुख की भी भागीदार हूँ। एक ओर जहाँ आपकी, सास-ससुर आदि की सेवा-शुश्रूषा तथा इनकी देखभाल का उत्तरदायित्व अर्धांगनी बनाकर आपने मुझे दिया है, वहीं दूसरी ओर गृहस्वामिनी के रूप में सास-ससुर, ननद आदि की सम्राज्ञी भी हूँ। परन्तु इसका यह अर्थ नहीं कि मैं पाप में तुम्हारी भागीदार बन जाऊँगी। ऐसा तुमने सोच ही कैसे लिया? तुम मुझे ब्याह कर लाये, इसलिए मेरा पेट पालना तुम्हारा कर्तव्य है। मैं भूखा मरना पसंद करूंगी, लेकिन तुम्हारे पाप में भागीदार नहीं बन सकती।"

"क्यों? क्यों नहीं बन सकती पाप की भागीदार? तुम तो प्रतिदिन साथ

मरने और साथ जीने की बातें करती थकती नहीं! और यह बात तो अभी भी कही है।"

"देखो व्यर्थ की बातें मत करो। यदि तुम अपने पुरषार्थ से हमारा पेट नहीं पाल सकते तो....।"

"तो क्या संबंध विच्छेद कर लोगी? मुझे छोड़ किसी और के साथ चली जाओगी? क्या इसीलिए स्त्री को सहधर्मिणी कहा जाता है? उसे अर्धांगिनी कहते हैं!"

"यदि पति योग्य न हो तो वेदों में पत्नी को स्वविवेक से निर्णय लेने के बहुत अधिकार दिये हैं?"

"अच्छा मैं गंवार भी तो जानूँ की वेदों में स्त्री जाति को क्या-क्या अधिकार दिये हैं?"

"स्वभाव या आचार-विचार में विरोध होने पर वेदों में वैवाहिक संबंध विच्छेद करके पुनर्विवाह का वर्णन है। वेदों में विधवा विवाह का प्रावधान है। अथर्ववेद में तो साफ कहा है कि पति की मृत्यु के बाद पत्नी संतान के लिए और अपने जीवन निर्वाह के लिए नवीन विवाह कर सकती है। ऋग्वेद में भी कहा गया है कि हे नारी! मृत पति को छोड़कर, विवाह के इच्छुक दूसरे पति को स्वीकार करो। तुम मेरा पुरषार्थ से पालन नहीं कर रहे, इसलिए मेरे लिए तो आज से ही मृत्यु तुल्य हो गये हो। और यदि कोई अधर्माचारी अपने को जीवित समझे तो ऐसी स्थिति में उस नारी को अयोग्य पति होने के कारण वेदों ने पुनर्विवाह को भी अधिकार दिया है। इस तरह पुनर्विवाह करने वाली स्त्री को पुनर्भू कहा गया है। अब तक मेरी आंखों पर काली पट्‌टी पड़ी हुई थी। तुम अच्छे-अच्छे मिष्ठान्न लाते थे, इसलिए कभी यह ध्यान ही नहीं दिया कि तुम क्या वृत्ति करते हो, मैं तो आज तक सोच रही थी कि तुम कोई अच्छा कर्म करते होंगे। इसलिए तुम्हें पूर्णरूपेण वश में करने में लिए प्रशंसा करती थी।"

"क्या तुम समझती हो कि तुमने मुझे अपने वश में कर लिया?"

"वश में क्या? तुम तो निरे पराधीन हो!"

"अर्थात्।"

"हमें खुश करने के लिए चोरी-डाके तक डालते हो! मेरे वशीकरण के कारण ही तो हमें और ज्यादा प्रसन्न करने के लिए अधिक से अधिक चोरी-डाके डालकर धन बटोरकर लाते हो!"

"चलो माना कि तुम वेदों की बहुत बड़ी विद्वान हो। वेदों में स्त्री का गौरव बताते हुए इसीलिए उसे ब्रह्मा कहा गया है। लेकिन वेदों ने तो यह भी कहा है कि पत्नी पति की आज्ञाकारिणी होनी चाहिए और पति से सदा मधुर वचन बोलने चाहिए। मैंने तुम्हें सुखी बनाने के लिए कितने लोगों को सताया, परन्तु तुम कहती हो कि मेरे पाप की भागीदार कदाचित् नहीं बनोगी! क्या यह वेदों की आज्ञा का उल्लंघन नहीं है?"

"वेदों में चोरी-डाके डालने के लिए नहीं कहा गया, वेदों में तो पति-पत्नी दोनों को उद्यमशील बनने का आदेश दिया गया है; उद्योग धंधों में काम करने का आदेश दिया गया है, क्योंकि संसार में उद्यमी को ही सच्चा सुख मिलता है। इसलिए यदि तुम अधर्म के रास्ते पर चले तो मैं उसकी भागीदार क्यों बनूँ? क्या चोरी डाके डालने के लिए मैंने कहा है? मुझे क्या पता था कि तुम आर्य होकर असुर बन जाओगे, नहीं तो तुमसे विवाह ही नहीं करती। जिस तरह देवों के साथ युद्ध में असुरों ने स्त्री सेना को आगे करके मरवा दिया था, तुम भी उसी तरह स्वयं तो मृत्यु के मार्ग पर चल रहे हो और मुझे भी उसी मार्ग पर धकेलना चाहते हो!"

"देखो, मुझसे बुरा कोई नहीं होगा, एक बार और पूछता हूं कि मेरे पाप में भागीदार बनोगी या नहीं!"

"नहीं...नहीं....नहीं....।"

"ठीक है तो मैं जाता हूँ!"

"जाओ..जाओ...मैं जानती हूँ कि लौटकर यहीं आओगे डाकू महाशय!"

"क्या तुम भी मुझे डाकू कहती हो?"

"ओह! क्या तुम दूध के धुले हुए हो, तुम चोर-डाकू नहीं तो क्या हो? तुमने स्वयं ही तो कहा है कि तुम चोरी-डाके डालकर हमारा पेट पालते हो।"

"अच्छा, भगवान तुम्हारा भला करे! मैं जाता हूँ।"

"भगवान भला करे तुम्हारा, तुम्हें सद्‌बुद्धि दे। तुम्हें सद्‌बुद्धि मिलेगी तो भला अपने आप ही हो जायेगा।"

"अच्छा, चलता हूँ।"

"चलता हूँ...चलता हूँ.... यह क्या तोते वाली रट लगा रखी है। जाना है तो जाओ, जिस भगवान से हमारा भला करने को कह रहे हो उससे अपने लिए कुछ माँगों। विनती करो, तप करो। तप और त्याग ही तुम्हारे पापों के प्रायश्चित का मार्ग है। यही तुम्हें नरक का भागी बनने से रोक सकते हैं।"

उसके बाद बिना कुछ बोले रत्नाकर ने एक बार तिरछी नजरों से परिवार के सब सदस्यों को देखा और फिर बड़ी तेजी के साथ कदम बढ़ाता हुआ जंगल की ओर चल दिया।

लेकिन उनकी पत्नी ने उन्हें अचानक ही टोका, "ठहरो पतिदेव!"

वे रुक गए, "अब क्यों रोका?"

"घर को घर नहीं अपितु गृहिणी को ही घर कहते हैं। पति-पत्नी से ही घर संपूर्ण बनता है। मैं जान गयी हूँ कि तुम आगे किस मार्ग का अवलोकन करोगे। मेरी शुभकामनाएं तुम्हारी साथ हैं। बिना पत्नी के बैठे तो यज्ञ भी अपूर्ण रहता है। इसलिए मुझे सदा अपने साथ ही समझना। तुम अपने लक्ष्य पर आगे बढ़ो और मैं अपने धर्म पर आगे बढ़ती रहूँगी। सास-ससुर की सेवा-शुश्रूषा करते हुए तुम्हारी, तब तक प्रतीक्षा करूंगी, जब तक तुम मेरे हाथ पर पुरषार्थ की निष्क लाकर नहीं रख दोगे।"

"धन्यवाद!" कहकर रत्नाकर मुस्करा दिया और फिर जंगल की ओर बढ़ गया।

ज्ञान प्राप्ति

जंगल में आकर रत्नाकर ने सप्तऋषियों और नारद मुनि को बंधनमुक्त कर दिया और फिर उनके चरणों में पड़कर क्षमा माँगने लगा, "क्षमा करें ऋषिगण! मुझे नहीं पता था कि मैं किस मार्ग चल रहा हूँ। आप लोगों ने मेरी आँखें खोल दी। मुझे सही राह दिखाओ। मैं अपना शेष जीवन उसी मार्ग का अनुसरण करूँगा जो आप मुझे दिखाएंगे।"

अग्निऋषि ने उसे चरणों से उठाकर गले से लगा लगाते हुए कहा, "हमारे लिए इससे बड़ा और भला क्या सौभाग्य होगा कि हमने एक पंक को पंकज बनते देखा है।"

"नहीं....नहीं...मुझे पंकज मत कहिये ऋषिवर! मैं तो मूढ़ और अज्ञानी हूँ।"

"जब तुमने निकृष्ट कर्म त्याग दिया तो अज्ञान का अंधेरा भी मिट जायेगा।"

"ऋषिवर! आप तो ज्ञान के भण्डार हैं। आपने आज तक जो जाना क्या आप मुझे बताने की कृपा करेंगे?"

अग्निऋषि ने उलटकर प्रश्न किया, "इस जंगल में भूमि पर कितने सूखे पत्ते पड़े होंगे? फिर हम जिस वृक्ष के नीचे खड़े हैं, उन पर चिपके सूखे पत्तों की संख्या कितनी होगी?"

रत्नाकर शांत ही ऋषि का मुख देखता रहा। ऋषि अब उसे साक्षात् भगवान विष्णु ही लग रहे थे। ऋषि ही आगे बोले, "अपने पैरों के नीचे जो पत्ते पड़े हैं, इनकी संख्या कितनी होगी?"

रत्नाकर कोई उत्तर नहीं दे सका। केवल ऋषियों को इस तरह निहारता रहा, जैसे कि समस्त देवता उनके समक्ष खड़े हों।

अग्निऋषि ने स्वयं ही उत्तर देने की पहल की, "रत्नाकर! ज्ञान का विस्तार इतना है, जितना इन वन प्रदेश में बिछे हुए सूखे पत्तों का परिवार। मैंने इतना जाना, जितना ऊपर वाले वृक्ष का पतझड़। यदि मैं तुम्हें अपना शिष्य बना लूँ और प्रतिदिन शिक्षा देने लगूँतो एक सौ वर्षों में तुम्हें इतना ही बता सकता हूँ जितना कि अपने पैरों के नीचे कुछेक पत्तों का समूह पड़ा है। इसलिए तुम्हारे लिये यही योग्य है कि ज्ञान की बातें समझते हुए निरन्तर खोजते रहो और जितना मिल सके उतना समेटते रहो, इसी में बुद्धिमत्ता है।"

"लेकिन बिना गुरु के, ज्ञान की बातें कैसे खोजी जा सकती हैं?" रत्नाकर ने पूछा।

अग्निऋषि ने आगे कहा, "रत्नाकर प्यास के कारण मेरा गला सूख रहा है, ऐसे में मैं भला आपका मार्गदर्शन कैसे कर सकता हूँ।"

"आप निश्चिंत होकर यहाँ बैठे ऋषिगण! मैं आप लोगों के लिए अभी पानी ले आता हूँ।" कहकर रत्नाकर उस जंगल में पास ही एक पहाड़ी झरने से पानी लेने चला गया। लेकिन वह थोड़ी ही देर में खाली हाथ लौट आया।

बोला, "ऋषिवर! अभी-अभी बैलगाड़ियों के गुजरने के कारण झरने का पानी गदला हो गया है। थोड़ी ही दूर नदी है, मैं उससे पानी ले आता हूँ।"

"नहीं, तुम नदी से पानी नहीं लाओगे। हमें झरने का पानी ही मीठा लगा है।" अग्नि ऋषि ने कहकर उसे दोबारा झरने का ही पानी लाने के लिए भेज दिया। पानी तब भी साफ नहीं हुआ था। रत्नाकर फिर लौट आया। तीन बार ऐसा ही हुआ।

चौथी बार सड़े-गले पत्ते पानी में नीचे बैठ गये थे, पानी सीसे की भांति चमक रहा था। इस बार रत्नाकर पानी के साथ लौटा।

अग्निऋषि ने कहा, "रत्नाकर! हमारे जीवन के जल को भी विचारों की बैलगाड़ियाँ प्रतिदिन गंदा करती हैं। हम जीवन से भाग खड़े होते हैं। हम भागे नहीं, झील के शांत होने की थोड़ी प्रतिक्षा कर लें, तो सबकुछ स्वच्छ हो जाता है। उसी झरने की तरह।"

रत्नाकर ने कहा, "प्रभु! मैं ठहरा बूद्धू! मेरी समझ में आपकी ये ज्ञानभरी बातें नहीं आती। मुझे तो ईश्वरप्राप्ति का सीधा-सा मार्ग बता दें।"

अग्निऋषि कुछ देर तक शांत रहे। फिर थोड़ी देर आसमान की ओर देखकर बोले, "सूरज ढलने ही वाला है, सांझ करीब है।"

इतना सुनकर रत्नाकर उठा और ऋषियों को प्रणाम करता हुआ बोला, "अब मुझे चलने की अनुमति प्रदान करें।"

"ज्ञानवान बनो!" अग्निऋषि ने उसे आशीर्वाद दे दिया।

रत्नाकर पगडंडी से चलता बना।

नारदजी को यह देखकर बड़ी हैरानी हुई कि रत्नाकर पूछ क्या रहा था और अग्निऋषि ने उसे उत्तर दिया क्या? एक निरक्षर आदमी भला इस तरह की ज्ञानभरी बातें कैसे समझ सकता था?

नारद जी से रहा नहीं गया, तो उसने अग्निऋषि से पूछ ही लिया, "भगवन्! रत्नाकर ने तो अंत में ईश्वर प्राप्ति का मार्ग पूछा था, लेकिन आपने तो उसको यूं ही टाल दिया।"

अग्निऋषि बोले, "रत्नाकर संतुष्ट होकर लौटा है। तुम्हें विश्वास न हो तो जाकर पूछ लो।"

नारदजी दौड़कर रत्नाकर के पास गये और पूछा, "रत्नाकर क्या तुम अग्निऋषि के उत्तर से संतुष्ट हो?" रत्नाकर ने उत्तर दिया, "हाँ! उन्होंने ठीक ही कहा है। मेरे जीवन की संध्या आ चुकी है और अब जीवन समाप्त होने में देर ही कितनी है? मैंने जीवन में किया ही क्या है? अच्छे कुल में भी जन्म लेकर अब तक चोरी डकैती करके कुल को ही कलंकित किया है। लेकिन अग्नि ऋषि ने आज मेरा मार्गदर्शन कर दिया है। भगवान भला करें उनका।"

"मैं कुछ कहूं रत्नाकर?"

"कहो..कहो..नारद जी क्या कहना चाहते हो?"

"सबसे पहले यह समझ लो कि जीवन की सांझ वास्तव में जीव की अनन्त यात्रा का पड़ाव आने का संकेत है। तुम्हारे कई जन्म हुए हैं। तुम्हारी आत्मा अमर है। मुझे तो विश्वास ही नहीं होता कि आप इस जन्म में भी डाकू हैं!"

"इस जन्म में भी? इसका मतलब है कि मैं पहले जन्म में भी डाकू था!"

"नहीं..नहीं..मेरा यह कहने का कदाचित् अर्थ नहीं है, फिर भी समय आने पर यह बात ब्रह्मा ही आपको बता सकते हैं!" फिर उन्होंने मुस्कराकर आगे कहा, "मैंने तो आपकी मस्तक रेखा देखकर ही आपको पहचान लिया था कि आप वही हैं, जिसे इस जन्म में भारतीय संस्कृति का उद्धार करने

वाला प्रसिद्ध ऋषि बनना है। लेकिन आश्चर्य हुआ कि आप इस जन्म में चोरी-डाके ही डाल रहे हैं।"

"देवर्षि! अग्निऋषि की तरह अब आप क्यों पहेलिया बुझा रहे हैं?"

"पहेलियां कहां बुझा रहा हूँ? मैं तो आपको कुछ स्मरण कराने की कोशिश कर रहा हूँ।"

"देखो मैं आपकी तरह पढ़ा-लिखा विद्वान नहीं हूँ। जो कहना चाहते हो साफ-साफ कह दो।"

"मेरी हिम्मत कहाँ कि आपको कुछ कहूँ, लेकिन क्या मैं पूछ सकता हूँ कि अब आप क्या करेंगे?"

"पापों का प्रायश्चित!"

"कैसे?"

"देश-विदेश के सारे तीर्थ स्थलों का भ्रमण करूँगा। संत योगियों व ज्ञानियों से शिक्षा लूँगा। अष्टांग योग में सिद्धि प्राप्त करूँगा और फिर चिरकाल के लिए समाधिस्थ हो जाऊँगा।"

"क्या ऐसा करने से पापों का प्रायश्चित हो जायेगा?"

"क्यों नहीं होगा? क्या पापों का प्रायश्चित करने का यह तरीका नहीं है?"

"नहीं, यह तरीका नहीं है, तरीका तो कोई दूसरा है। लेकिन तुम्हारी इच्छा योग सीखने, तपस्या करने की है और तीर्थ स्थलों के भ्रमण करने की है तो पहले वह कर लो। अभी पापों का प्रायश्चित करने की जल्दी ही क्या है, लेकिन एक बात पूछूं?"

"पूछो, देवर्षि क्या पूछना चाहते हो?"

"तुम तीर्थ स्थलों का भ्रमण करना चाहते हो। अब तक तुमने चोरी-डाके डाले हैं और लोगों को लूटा है। भले ही तुमने यह सब छोड़ दिया हो, लेकिन लोगों को तो विश्वास नहीं होगा। लोगों में अच्छे-बुरे सब प्रकार के मनुष्य

होते हैं। बुरे लोग तुम्हारी निंदा करेंगे और तुम्हें गालियाँ देंगे। हो सकता है तुम्हें किसी धर्मस्थल में तो घुसने भी न दें? उस समय तुम्हें कैसा लगेगा?"

"मैं समझ लूंगा कि वे बहुत भले आदमी हैं, क्योंकि उन्होंने मुझ पर धूलि नहीं फेंकी और मुझे थप्पड़ नहीं मारे।"

"उनमें से कुछ लोग धूलि भी फेंक सकते हैं और थप्पड़ भी मार सकते हैं।"

"मैं उन्हें भी इसलिए भला समझूंगा कि वे मुझ पर लाठियाँ नहीं भांजते।"

"कुछ लोग आपको लाठियों से भी पीट सकते हैं, क्योंकि आपके अब तक के कर्म ही ऐसे रहे हैं। हो सकता है तीर्थस्थलों पर कई ऐसे लोग मिल जाएं जिन्हें आपने लूटा हो, तो वे आप पर लाठियां चलाने से भी नहीं चूकें।"

"वे मुझे हथियारों से नहीं मारते, इसलिए वे भी मुझे भले ही जान पड़ेंगे।"

"देश बहुत बड़ा है रे! तुम्हें तीर्थाटन करने के लिए इसी तरह के जंगलों से भी गुजरना पड़ेगा। तुम तो जानते ही हो कि जंगलों में ठग और डाकू भी रहते हैं। डाकू तुम्हें हथियारों से भी मार सकते हैं।"

"वे डाकू भी मुझे दयालु जान पड़ेंगे, क्योंकि उन्होंने मुझे जीवित तो छोड़ा।"

"तुम यह कैसे कह सकते हो कि डाकू जीवित ही छोड़ देंगे? वे तुम्हारी जान भी ले सकते हैं।"

"यह संसार दुःखस्वरूप है। इसमें बहुत दिन जीने से दुःख ही दुःख होता है, आत्महत्या करना तो महापाप होता है। लेकिन कोई दूसरा मार दे तो यह उसकी दया ही है। इस संसार से मुक्ति मिल जायेगी।"

रत्नाकर की बात सुनकर नारद जी बहुत प्रसन्न हुए और उन्होंने कहा, "रत्नाकर तुम अवश्य तीर्थस्थलों के दर्शन करने के अधिकारी हो। तुम तो बिना तपस्या के ही ऋषि बन गये। सच्चा ऋषि वही है, जो कभी किसी भी

दशा में किसी को बुरा नहीं कहता। जो दूसरों की बुराई नहीं देखता, जो सबको भला ही समझता है, वही ऋषि पद का अधिकारी है। जाओ मेरी शुभकामनाएँ तुम्हारे साथ हैं।"

उसके बाद नारद जी को प्रणाम कर रत्नाकर, तीर्थस्थल की राह पर चल दिए।

योग और समाधि के पथ पर

अपने समस्त दुर्गुणों का त्याग कर रत्नाकर वर्षों तक देश-विदेश के तीर्थ स्थलों के दर्शन करते रहे। संत-महात्माओं और ऋषि-मुनियों के प्रवचन सुनते रहे। शास्त्रियों से ज्ञान-विज्ञान के विषय पढ़ते रहे। विविध प्रयोगशालाओं में अनुसंधान करते रहे। योगियों से योग शिक्षा लेते रहे। उन्होंने अष्टांग योग में सिद्धि प्राप्त की। जल, थल और वायु में समाधि लगाने में निपुणता हासिल की।

और फिर एक दिन अन्न-जल त्याग कर भयंकर जंगल में ऐसे समाधिस्थ हुए कि सबकुछ भूलकर ईश्वर के ध्यान में ही रम गये। लगभग 13 वर्षों तक वे एक ही स्थान पर समाधि लगाये बैठे रहे। उनके शरीर पर दीमकों ने घर बना लिया। दीमकों के बनाये टीले को वल्मीक कहते हैं। एक दिन उस स्थल से पुनः सप्तर्षि गुजरे, उन्होंने अपनी दिव्य दृष्टि से जान लिया कि यहां दीमकों के घरों के बीच रत्नाकर डाकू तपस्या कर रहा है। वे बहुत प्रसन्न हुए। उन्होंने रत्नाकर के ऊपर जमी बाँबी (वल्मीक) देखकर कहा, "हे रत्नाकर तुम दीर्घकाल से वल्मीक में समाधिस्थ हो, अतः तुम संसार में महर्षि वाल्मीकि के नाम से विख्यात होंगे।" सप्तर्षियों ने रत्नाकर को वाल्मीकि के नाम से विख्यात होने का आशीर्वाद दिया और वे चले गये। लेकिन रत्नाकर तो समाधि में ही लीन रहे। बाहरी दुनिया में क्या हो रहा था, उन्हें कुछ पता नहीं? वे अपनी तपस्या में हर समय भगवान का ही स्मरण करते रहते थे। उनकी तपस्या और योग की चर्चा दूर-दूर तक फैल चुकी थी, लेकिन उन्हें

किसी नाम या प्रसिद्धी से कोई लेना-देना नहीं था। उनका लक्ष्य तो जीवन सफल करके जन कल्याण की राह पर चलते हुए मोक्ष के परम पद को पाना था। ऐसी ही अभिलाषा उस युग में ऋषि-मुनियों की हुआ करती थी। उनकी तपस्या से तमसापुर नरेश अत्यंत प्रभावित हुए थे। इसलिए तमसापुर नरेश की आज्ञा से तमसा नदी के किनारे बहुत सुंदर आश्रम का निर्माण किया गया। आश्रम में हर प्रकार के फलदार वृक्ष लगाए गए। पुष्पों की असंख्य प्रजातियां लाई गई। पशु-पक्षियों और मृगों के लिए आश्रम के समीप अभयारण्य बनाया गया। आश्रम परिसर में ही रसायन, जीव, चिकित्सा और अंतरिक्ष विज्ञान की प्रयोशाला स्थापित की गई। वरिष्ठ और योग्य वैज्ञानिक उनमें नियुक्त किए गए। प्रयोगशाला में नित नए अनुसंधान किए जाने लगे। प्रयोगशाला में किसी भी जीव की प्रतिमूर्ति (क्लोन) बनाने में शीघ्र ही सिद्धता हासिल कर ली गई। इसी सिद्धांत पर द्रव्यशरीरं नरकंस्वर्गमपार अम्ल (डीआक्सीराइबो

न्यूक्लिक अम्ल) से प्रयोगशाला में आँखें विकसित करने में भी सफलता मिल गयी। एक दिन महर्षि वाल्मीकि अपने आश्रम में शिष्यों को उपदेश दे रहे थे कि अचानक ही वहाँ पर देवेर्षि नारद का आगमन हो गया। महर्षि ने नारद जी का स्वागत करते हुए–"आइये देवर्षि! आपके आने से मेरा आश्रम पवित्र हो गया।"

"धन्य तो हम हो गये महर्षि आपके दर्शन करके।"

"यह तो आपका बड़प्पन है देवर्षि!"

"जी नहीं आपकी उदारता का प्रतिफल है।"

"चलो यह भी सही है। अच्छा कहाँ से आ रहे हैं आप?"

"बस यूं ही भिन्न-भिन्न देशों में भ्रमण करते हुए गुणी और विद्वान लोगों के दर्शन करते हुए यहां तक आ पहुंचा हूँ।"

'प्रभो! इस समय में गुणवान्, वीर्यवान्, धर्मज्ञ, कृतज्ञ, सत्यवक्ता, दृढ़ प्रतिज्ञ, सदाचार से युक्त, समस्त प्राणियों का हित साधक, विद्वान्, समर्थ जिसके दर्शन प्रिय हों, मन पर अधिकार रखने वाला, क्रोध को जीतने वाला, कांतिमान्, किसी की निंदा न करने वाला तथा संग्राम में उसके कुपित होने पर देवता भी डरते हों, ऐसा संसार में कौन है?"

महर्षि वाल्मीकि की उत्सुकता को देखते हुए त्रिकालदर्शी नारद जी बोले, "मुनिश्रेष्ठ! इक्ष्वाकु वंश प्रभवो रामो नाम जनैः श्रुतः अर्थात् इक्ष्वाकु के वंश में उत्पन्न हुए एक ऐसे पुरुष हैं, जो लोगों में राम नाम से विख्यात हैं। आपने जिन दिव्य गुणों का उल्लेख किया है उन सबके अतिरिक्त अनन्य सभी संभव-असंभव एवं विलक्षण गुणों के निधान श्रीरामचंद्र हैं। वे न केवल आपके बताये हुए गुणों से संपन्न हैं, बल्कि इनके आदि स्रोत भी हैं।"

देवर्षि! श्रीराम का रूप रंग कैसा है?"

"श्रीराम के कंधे सुदृढ़, भुजाएं घुटनों तक लंबी, ग्रीवा शंख के समान गोल और लंबी, ठोड़ी पुष्ट, छाती चौड़ी, हंसली मांस से आवृत्त, मस्तक सुंदर, नेत्र

बड़े और ललाट भव्य है। उनका शरीर मध्यम अर्थात न अधिक ऊंचा और न ही अधिक नाटा है तथा शरीर की त्वचा चिकनी है।"

"श्रीराम धर्मपालन में कैसे हैं?"

"श्रीराम जहां रूप, गुण और शक्ति के आगार हैं, वहां वे शील, संयम तथा धर्मपालन के भी साक्षात् मूर्ति हैं। श्रीराम भगवान विष्णु के समान बलवान्, चन्द्रमा के समान साम्यदर्शक, कालाग्नि के समान तेजस्वी एवं शत्रुमर्दन करने वाले तथा पृथ्वी के समान क्षमाशील हैं।"

"किन शत्रु का मर्दन किया है उन्होंने?"

"मानवता के विरोधी शत्रु का।"

"अर्थात्! थोड़ा विस्तार से बताओ मुनिवर।"

देवर्षि ने कहना शुरू किया, "लंकापति रावण ने दशों दिशाओं में उत्पात मचा रखा था। उसने धरती के अधिकांश भागों पर राक्षस राज कायम कर दिया था। आप तो जानते ही हैं कि ये राक्षस बड़े ही निर्दयी और दुष्ट होते हैं। ये न केवल ऋषि-मुनियों के यज्ञों में बाधा डालते हैं, बल्कि मनुष्यों को यज्ञ की पवित्र वेदी में ही भूनकर खा जाते हैं। श्रीराम ने ऐसे ही राक्षसों का विनाश करके इस धरती पर सुख-शांति और धर्म का राज्य स्थापित किया है।" इसके बाद नारद जी वाल्मीकि को श्रीराम के जीवन चरित को बताने लगे, "महर्षि! आप तो जानते हैं कि कुछ समय पहले राक्षस धरती पर बहुत ही उत्पात मचाने लगे थे। एक बार विश्वामित्र राक्षसों से ऋषियों की रक्षा के लिए राजा दशरथ से उनके पुत्र श्रीराम और लक्ष्मण को मांगने आये थे। स्वर्गीय महाराजा दशरथ ने उस समय ऋषि विश्वामित्र से कहा था—'मैं धनुष-बाण लेकर यज्ञ की रक्षा करूँगा। आप राम को मत ले जाइये, मैं ही चलूँगा। राम सबसे बड़ा और धर्मात्मा है, उसमें मेरी अधिक प्रीति है, इसलिए हे ऋषिवर! मैं चतुरंगिणी सेना सहित चलूँगा।" तत्पश्चात् विश्वामित्र ने जवाब दिया था, "हे राजन! धरती पर राक्षसों ने उत्पात मचा रखा है। पाप और अत्याचार

बढ़ रहा है, इसलिए अधर्म को नष्ट करने और धर्म की स्थापना के लिए युवाशक्ति को आगे बढ़ना बहुत जरूरी है। आप वृद्धावस्था को प्राप्त हो रहे हैं। वृद्धावस्था मृत्युतुल्य होती है और बाल्य अवस्था ज्ञानहीन होने से पशुता-सी होती है, इसलिए हर महान कार्य युवकों द्वारा ही किया जाता है। यदि आप राम को मेरे साथ नहीं भेजेंगे, तो यह रघुकुल की मर्यादा के विपरीत होगा।"

अंततः राम और लक्ष्मण, ऋषियों की रक्षा के लिए वन में चले गये और इन्होंने वहाँ अनेकों राक्षसों को मारकर महान उपकार कार्य किया। आप जानते ही हैं कि रावण बहुत शक्तिशाली हो गया था। इतना शक्तिशाली कि लोक-लोकांतरों के राजा-महाराजा भी उनके सामने झुकने लगे थे। शक्तिशाली होना बुरी बात नहीं, लेकिन शक्ति का दुरूपयोग करना बुरी बात है। और रावण शक्ति का दुरुपयोग ही कर रहा था। उसने दशों दिशाओं में शत्रुओं का सफाया कर दिया था, इसीलिए उसे दशग्रीव कहा गया। रावण के सैनिक ऋषि-मुनियों को सताते थे, इसलिए उसका अंत करने की योजना ऋषि विश्वामित्र ने रची थी। स्वयंवर के बहाने सीताजी से श्रीराम का विवाह और जनक की अन्य पुत्रियों से श्रीराम के छोटे भाइयों का विवाह भी विश्वामित्र की ही योजना का हिस्सा था। वे चाहते थे कि राम को महाराजा जनक की ओर से उन्हें भरपूर सहयोग मिले, जो बाद में मिला भी। जब श्रीराम को राजगद्दी पर बैठाने की घोषणा की गयी, तब वशिष्ठ और विश्वामित्र की योजना के तहत् ही माता कैकेयी ने महाराजा दशरथ से वरदान माँगकर जनकल्याण के लिए श्रीराम को चौदह वर्ष के लिए वनों में भिजवा दिया। यदि रावण माता सीता का हरण नहीं करता, तो भी श्रीराम का रावण के साथ युद्ध होना तो निश्चित ही था। सीताजी के हरण से पहले ही लंका पर चढ़ाई करने की योजना बनने लगी थी। इसी उद्देश्य से महर्षि अगस्त्य ने श्रीराम को पंचवटी में रहने की सलाह दी थी और उन्हें विष्णु का दिव्य धनुष और बाण भेंट किये थे और समुद्र पर सेतु बांधने के लिए नल-नील को विश्वकर्मा ने शिक्षा इसी उद्देश्य

से दी थी। गुरु वशिष्ठ, गुरु विश्वामित्र और माता कैकेयी के पुरुषार्थ से ही हमें इस दुनिया में सुंदर रामराज्य मिला है। ऐसा रामराज्य जिसमें कहीं कोई कामी, कृपण, क्रूर, मूर्ख और नास्तिक व्यक्ति देखने को भी नहीं मिलता। अयोध्या के सभी नर-नारी धर्मशील, संयमी, संतुष्ट तथा महर्षियों की भांति स्वभाव से निर्मल, शीलवान् तथा सदाचारी हैं।"

"धन्यवाद देवर्षि! निःसंदेह श्रीराम से बढ़कर मर्यादा पुरुषोत्तम इस समय दुनिया में और कोई नहीं। उनकी जीवन गाथा सुनाकर आपने मुझे कृतार्थ कर दिया।"

"इसमें धन्यवाद की क्या बात है महर्षि! यह तो मेरा धर्म था कि आप जैसे जिज्ञासु की ज्ञान पिपासा शांत करूँ।" इसके बाद उन दोनों के बीच विविध विषयों पर बहुत देर तक चर्चा होती रही।

और ऐसे बने आदि कवि

महर्षि वाल्मीकि प्रतिदिन तमसा में स्नान करने के लिए अपने प्रिय शिष्य भरद्वाज के साथ जाते थे।

उस दिन वसंत पंचमी का दिन था। कल-कल करती नदी कुछ ज्यादा ही मनमोहक लग रही थी। नदी के किनारे खेतों में सरसों के पीले-पीले पुष्प इस तरह लहरा रहे थे कि मानों सोने के सूक्ष्म-सूक्ष्म सुंदर आभूषण पौधों पर आकर लग गये हों। गेहूँ की बालियाँ भी हवा के मंद-मंद झौंकों से झूम रही थीं। आम के पेड़ पर बैठी कोयल कू..कू.. कर, वातावरण में मधुर संगीत गुंजा रही थी।

स्नान करने के लिए तमसा में गये महर्षि वाल्मीकि ने कहा, "शिष्य भरद्वाज, कितना निर्मल और स्वच्छ जल है इस तमसा का, क्या आपको नहीं लगता कि यह जल स्वर्ग जैसा सुख देने वाला है!"

"जी गुरुदेव! नदियों के जल की यही तो महिमा है कि इनका जल इतना निर्मल और पवित्र होता है कि देखने मात्र से ही मुक्ति मिल जाए!"

"हां है तो यही!" महर्षि के चेहरे पर अद्भुत-सी मुस्कान बिखर गयी। फिर उन्होंने कहा, "स्नान करने के लिए वल्कल तो लाओ।"

भरद्वाज ने महर्षि वाल्मीकि को वल्कल दे दिया। महर्षि ने वल्कल पहना और फिर खेतों तथा उनसे लगे वनों की शोभा देखने लगे। खेत तो वहां बहुत ही कम थे, जिनमें सरसों और गेहूं की फसलें फल-फूल रही थी। लेकिन वनों का विस्तार तो इतना था कि जहाँ तक भी दृष्टि जाती थी, वन ही वन नजर आते थे। हर तरह के पेड़-पौधों से आच्छादित था नदी के दोनों किनारों पर

वन। उस सुंदर मनमोहक वन में काम क्रीड़ा करते-विचरते क्रौञ्च पक्षियों के एक जोड़े पर महर्षि वाल्मीकि की अचानक ही दृष्टि पड़ी। महर्षि उस मोहक पक्षियुगल के मधुर कलरव को सुनते ही मुग्ध होकर तन्मय हो गये।

लेकिन तभी!

एक निषाद ने नर क्रौञ्च को अपने बाण का लक्ष्य बना दिया। फलतः देखते-ही-देखते नर पक्षी रक्त से लथपथ होकर पृथ्वी पर गिर पड़ा तथा पंख फड़फड़ाते हुए नामशेष हो गया। अपने साथी की मृत्यु पर क्रौञ्ची करूण चित्कार कर उठी और उसके वियोग में रोने लगी। यह घटना देखकर वाल्मीकि का मन बड़ा ही आहत हुआ। इस घटना ने महामुनि को द्रवित कर दिया। एक तरफ जहां वाल्मीकि को क्रौञ्ची पर बड़ी दया आयी, वहीं दूसरी ओर अकारण ही प्रेमी-युगल को वियुक्त-संतप्त करने वाले निषाद पर क्रोध भी आया। दुःख, दया और क्रोध की इस मिश्रित दशा में उनके मुख से सहसा ही निकल पड़ा—

मा निषाद प्रतिष्ठां त्वमगमः शाश्वतीः समाः।
यत् क्रौञ्चमिथुनादेकमवधीः काममोहितम्॥

"हे निषाद! काममोहित क्रौञ्च के जोड़े में से एक नर पक्षी की अकारण हत्या के अपराध के दण्डस्वरूप तुम्हें अनन्तकाल तक सुख-शांति सुलभ नहीं होगी।" साथी के वध से पीड़ित पक्षिणी की करुण दशा पर द्रवित होकर महर्षि ने अपने मुख से सहसा निकले जिस छन्द में निषाद को शाप दिया, उस पर विचार करते हुए उन्होंने अपने शिष्य भरद्वाज से कहा–

पादबद्धोऽक्षरसमस्तन्त्रीलयसमन्वितः।
शोकार्तस्य प्रवृत्तो मे श्लोको भवतु नान्यथा॥

वत्स! मेरे मुख से निकला वाक्य चार चरणों में आबद्ध है।

ये चार चरण हैं–

मा निषाद प्रतिष्ठां त्वम्
अगमः शाश्वतीः समाः
यत् क्रौञ्चमिथुनादेकम्
अवधीः काममोहितम्।

इसके प्रत्येक चरण में बराबर-बराबर आठ अक्षर हैं। यह मेरा वाक्य वीणा पर बजाया भी जा सकता है। अतः यह श्लोक के अतिरिक्त कुछ नहीं हो सकता।"

"जी गुरुदेव, यह श्लोक ही है।" शिष्य ने समर्थन किया।

उसके उपरान्त महर्षि वाल्मीकि ने तमसा नदी में प्रविष्ट होकर स्नान किया और वे घटित घटना पर विचार करते हुए आश्रम लौट आये। आश्रम में पहुंचकर भी उनका ध्यान उसी घटना पर केंद्रित रहा।

इसी समय ब्रह्माजी का वाल्मीकिजी के आश्रम में शुभागमन हुआ।

महर्षि ने अपने आश्रम पर ब्रह्माजी के पधारने का अपने सौभाग्य का उदय मानते हुए खड़े होकर उनका अभिनन्दन किया। पाद्य, अर्घ्य, आचमनादि से उनकी यथोचित पूजा-सत्कार के उपरान्त उनका कुशल समाचार पूछा।

आश्चर्य की बात यह थी कि ब्रह्माजी का स्वागत-सत्कार करते समय भी महर्षि का मन क्रौञ्चवध की घटना में ही खोया हुआ था। वे उस सुन्दर तथा मनोहर कलरव वाले क्रौञ्च के अकारणे वध से व्यथित तथा साथी विहीन क्रौञ्ची के विषय में चिन्तित थे। आखिर महर्षि से रहा न गया। उन्होंने क्रौञ्च वध से सम्बन्धित घटना तथा अपने मुख से सहसा निकले श्लोक की जानकारी ब्रह्माजी को दी।

निषाद को दिये शाप की जानकारी देते समय महर्षि को अपने शाप के अनौचित्य का आभास होने लगा और वे इस विचार से चिन्तित तथा शोकमग्न हो उठे, क्योंकि तपस्या के बाद वाल्मीकि ने कभी किसी का अहित नहीं चाहा था। इस पर ब्रह्माजी ने वाल्मीकि जी को आश्वस्त करते हुए कहा–

मच्छच्दादेव ते ब्रह्मन् प्रवृत्तेयं सरस्वती।

ऋषे! माँ सरस्वती की कृपा और प्रेरणा से ही तुम्हारे मुख से यह वाणी प्रकट हुई है, अतः इस विषय में तुम्हें अपने को दोषी मानकर खिन्न होने की आवश्यकता नहीं।" ब्रह्माजी ने अपने आगमन के उद्देश्य से परिचित कराते हुए वाल्मीकि जी से आगे कहा–

रामस्य चरितं कृत्स्नं कुरु त्वमृषिसत्तम।
वृत्तं कथय धीरस्य यथा ते नारदाच्छ्रुतम्॥

हे ऋषिप्रवर! जिस रूप में नारद जी से तुमने सुना है, उसी रूप में श्रीराम के जीवन-चरित्र का विस्तार से वर्णन करो।

वाल्मीकि ने शंका व्यक्त करते हुए कहा–"परम् पिता! यह तो बहुत साहसपूर्ण कार्य है, यदि इसमें सफलता न मिली तो।"

ब्रह्माजी ने महर्षि को आश्वस्त करते हुए कहा–

रहस्यं वा प्रकाशं च यद्वृत्तं तस्य धीमतः।
यच्चाप्यविदितं सर्वं विदितं ते भविष्यति॥

मुने! ईश्वर की कृपा से राम के जीवन से सम्बन्धित प्रकट-अप्रकट तथा ज्ञात-अज्ञात सभी घटनाएं तुम्हारे लिए हस्तामलकवत् हो जायेंगी, अतः तुम भय, चिन्ता छोड़कर श्रीरामचरित लिखने का साहस जुटाओ।"

"परन्तु परमपिता एक शंका और है।"

"क्या शंका है ऋषिवर? कोई शंका मन में न पालें। हमें बताएँ उसका समाधान जरूर होगा।"

वाल्मीकि ने कहा–

प्रचेतसोऽहं दशमः पुत्रो राधवनन्दन।
न स्मराम्यनृतं वाक्यमिमौ तु तव पुत्रकौ॥

परम् पिता! मैं प्रचेता (वरूण) का दसवां पुत्र हूँ। ज्ञान प्राप्ति के बाद मेरे मुँह से कभी झूठ बात निकली हो, इसका मुझे स्मरण नहीं। परन्तु.......।"

"परन्तु क्या ऋषिवर?"

"परम्पिता, आप तो जानते ही हैं कि महर्षि कश्यप और अदिति के नवम पुत्र वरूण से मेरा जन्म हुआ है। मेरी माता चर्षणी बहुत ही धार्मिक स्वभाव वाली महिला हैं और मेरे भाई भृगु तो महान ऋषि हैं। मेरे पिता वरूण का नाम प्रचेता भी है, इसलिए मुझे प्राचेतस् भी कहा जाता है। यह गौरव की बात है कि मेरा जन्म इतने महान कुल में हुआ, लेकिन...." वाल्मीकि ने फिर अधूरी छोड़ दी।

ब्रह्माजी ने कहा–"ऋषिवर! आप कुछ कहना चाहते हैं? लेकिन अपने कुल का वर्णन करके फिर अचानक ही विचलित होकर मन की बात नहीं कह पा रहे हो। कोई संकोच मत करो। मन में कोई बात या ग्रंथि नहीं पालनी चाहिए। जो कहना चाहते हो, निस्संकोच कहो।"

वाल्मीकि ने साहस बटोरते हुए कहा, "एक बार देश में अकाल पड़ने पर मेरा परिवार विदिशा के वन में चला गया तथा वहीं आश्रम बनाकर रहने लगा। आर्थिक अभाव के कारण मेरा संग डाकुओं से हो गया और मैं एक प्रसिद्ध डाकू तथा लुटेरा बन गया, परन्तु सप्तऋषियों की कृपा से मुझे ज्ञान हुआ तो मैं तपस्या के मार्ग पर चल पड़ा। अब प्रश्न यह उठता है कि यदि मैं रामचरित लिखूं तो क्या लोग यह नहीं कहेंगे कि यह रचना तो एक डाकू के हाथ से लिखी गयी है?"

"वाल्मीकि, जानते हैं कि आप कौन हैं?"

"वरूण पुत्र।"

"उससे पहले जन्म में कौन थे?"

"यह मैं कैसे बता सकता हूँ परम् पिता? मैं त्रिकालदर्शी थोड़े ही हूँ। यह तो आप ही बता सकते हैं कि मैं पहले जन्म में कौन था? मेरा वंश-परिवार कैसा था?"

"हाँ, मैं आपके पूर्व जन्मों के बारे में जानता हूँ। इसलिए अब इस विषय में आपको बताने का समय आ गया है।"

"मैं कुछ समझा नहीं परम् पिता!"

"तुम पहले जन्म में भी डाकू थे!"

"क्या...क्या....क्या...?"

"हाँ!"

"क्या नाम था मेरा?"

"व्याध।"

"व्याध!"

"हाँ, व्याध ही नाम था तुम्हारा। तुम्हारे पिताश्री का नाम कृणु और माता का नाम सर्पिणी था। पूर्व जन्म में तुमने तीर्थ यात्रा पर जाते हुए शंख मुनि को लूटा था। तुम इतने निर्दयी थे कि तुमने उनकी खड़ाऊं तक भी छीन ली थी। शंख मुनि तो तीर्थ यात्रा पर निकले थे, इसलिए उन्हें अपने साथ लूटमार का कोई दुःख नहीं हुआ और वे मुस्कराते हुए व्याध को यह कहकर कि भगवान् तुम्हारा भला करे, नंगे पैर ही आगे बढ़ गये। जब तुमने शंख मुनि को लूटा तो उस समय ज्येष्ठ माह चल रहा था। कई वर्षों से देश में जल न बरसने से अकाल पड़ा हुआ था। भयंकर गर्मी से सब कुछ भस्म होता जा रहा था। परन्तु लूटने के बाद भी शंख मुनि तपते हुए रेत पर बढ़ते चले गये। जब व्याध ने देखा कि अंगार बसरती धूप के कारण तपती रेत में पैर जलने के बावजूद भी शंख मुनि धर्म मार्ग पर बढ़ते ही जा रहे हैं, तो व्याध का हृदय द्रवित हो गया और उसने दौड़कर शंखमुनि की खड़ाऊँ वापस कर दी।

शंख मुनि ने व्याध से पूछा–"तुमने खड़ाऊँ वापस क्यों की?"

"पता नहीं! यूं ही हृदय ने कहा तो मैंने लौटा दी, लेकिन आपकी स्वर्णमुद्राएं लौटाने वाला नहीं। इसलिए और किसी भ्रम में नहीं रहना।" व्याध का जवाब था।

शंख मुनि ने कहा, "यह तो मैं पहले से ही जानता हूँ।"

"कैसे?" व्याध ने पूछा।

तो शंख मुनि ने बताया–"तुम पूर्व जन्म में पंपा सरोवर के समीप शाकल नामक नगरी निवासी स्तंभ नामक ब्राह्मण थे। और पत्रा-पोथी के नाम पर लोगों को ठगते थे।

सुंदर पत्नी न होने के कारण वेश्यागमन करते थे, इस कारण इस जन्म में डाकू बने। लेकिन उस जन्म में तुम्हारी पत्नी बड़ी ही धर्मपारायण थी उसने देवल मुनि की पूजा करके बहुत ही पुण्य कमाया था। यह उसी पुण्य का प्रभाव है कि तुमने आज मेरी खड़ाऊं लौटा दी।"

इतना कहकर शंखमुनि ने व्याध को हृदय से लगा लिया और उन्हें कहा, "यदि तुम अपना भला चाहते हो तो नित्य गायत्री मंत्र का जाप किया करो।"

"यह गायत्री मंत्र क्या होता है?" व्याध ने पूछा।

शंखमुनि ने बता दिया–

"ओम् भूर्भुवः स्वः तत्सवितुर्वरेण्यं।
भर्गो देवस्य धीमहि धियो यो नः प्रचोदयात्॥"

"बाप-रे-बाप इतना लंबा मंत्र! यह तो मुझे कदाचित् स्मरण नहीं होगा।"

"तो ठीक है, केवल ओम् का स्मरण किया करो।"

"होम का स्मरण!"

"होम, नहीं ओम्।"

"हओम्।"

"हओम् नहीं ओम्।" उसके बाद शंखमुनि ने व्याध से आगे कहा, "बुद्धू कहीं का! रोम..रोम में बसे हुए ओम् का उच्चारण भी ठीक से नहीं कर सकता!"

"जो रोम-रोम में बसा हुआ हो, उसका कोई छोटा-सा नाम नहीं हो सकता?" व्याध ने पूछा।

शंखमुनि ने कुछ सोचा और तत्पश्चात कहा–"रोम-रोम में बसने के कारण ईश्वर का नया नाम 'राम' भी हो सकता है।" फिर उन्होंने व्याध को निर्देश दिया–

तस्माद्रामेति तन्नाम जप व्याध निरन्तरम्।
धर्मानेतान्कुरु व्याध यावदामरणांतकम्॥

हे व्याध! तुम निरन्तर राम-नाम का जप किया करो और मृत्यु पर्यन्त धर्म मार्ग का ही पालन करो।"

"रहाम...नाम....।"

"किस मरे पुतले से पाला पड़ गया।" शंख मुनि बड़बड़ाये।

लेकिन तभी!

उन्होंने व्याध से कहा–"अच्छा तुम मरा..मरा.. उच्चारण तो करो?"

"मराम..राम...राम....राम...।"

"हां अब ठीक है, देखो मैंने तुम्हें मरा.. मरा.. कहने का निर्देश दिया तो तुम्हारे मुख से राम...राम.. निकला। यदि मेरे मरा..मरा.. कहने को तुम राम ..राम..उच्चारण करते हो तो इसी में तुम्हारा भला है।"

"राम...राम...राम....।" कहकर व्याध प्रसन्नता से उछल पड़ा–"देखो मुनिवर! मुझे ईश्वर का सबसे संक्षिप्त नाम राम...राम... कहना आ गया।"

"हाँ आ गया। अब यह नाम तुम्हारे जीवन की नैया पार करेगा। यह बहुत प्रभावकारी सिद्ध होगा।" शंख मुनि ने प्रसन्नता व्यक्त की।

"क्या प्रभाव हो सकता है इसका?" व्याध ने पूछा

शंखमुनि ने बताया–"इस नाम के प्रभाव से तुम्हारा अगला जन्म ऋषिकुल में होगा। ऐसे ऋषिकुल में जो त्याग और तपस्या के कारण प्रसिद्ध है। उस कुल के प्राणी निराहार तपस्या करते हैं। इतनी कठोर तपस्या करते हैं कि

उनके शरीर पर दीमकें अपना घर बना लेती हैं। दीमकों के बनाये टीलों को वल्मीक कहते हैं। इसलिए तुम भी इतनी कठोर तपस्या करोगे कि तुम्हारे शरीर पर भी दीमके घर बना लेंगी और इसी कारण तुम्हारा नाम वाल्मीकि नाम से प्रसिद्ध होगा।"

"क्या ऐसा होगा?"

"ततस्ते भविता जन्म वल्मीकस्य ऋषेः कुले।
वाल्मीकरिति नाम्ना च भूमौ ख्यातिमवाप्स्यसि।"

व्याध को ऐसा कहकर शंखमुनि ने दक्षिण की ओर प्रस्थान किया और व्याध पालनीय धर्मों का पालन करते हुए प्रातःकाल स्नान करके दिन-रात राम-नाम जाप करता था। इस प्रकार धर्मानुष्ठान करके अगले जन्म में ऋषिकुल में उत्पन्न हुआ। लेकिन कुछ कर्म ऐसे होते हैं कि उनका प्रभाव दूसरे जन्मों तक भी रहता है। ऐसा ही कुछ चोर और डाकुओं के विषय में कहा जा सकता है। चोर चोरी छोड़ सकता है, लेकिन हेरा-फेरा नहीं। इसलिए हे वाल्मीकि! तुमने जो इस जन्म में थोड़े-बहुत डाके डाले हैं, वे सब हेराफेरी की श्रेणी के ही हैं।"

ब्रह्माजी ने वाल्मीकि जी को उसके पूर्व जन्म के विषय में बताते हुए आगे कहा–"सत्य बात तो यही है कि तुम्हारा जन्म इस संसार में मनोहर-प्रबंध रचना द्वारा संसार में दिव्य रामकथा को ही प्रकाशित करने के लिए हुआ है।"

"ठीक है परम्पिता, मैं रामकथा अवश्य लिखूँगा। परन्तु एक शंका का समाधान और करना चाहता हूँ!" वाल्मीकि ने कहा।

"बोलो क्या शंका है ऋषिवर!"

"एक बार जब मैं चोरी करते हुए पकड़ा गया था, तो उस समय समाज ने मेरा बहिष्कार कर दिया था। सब लोग मुझे पापी समझ कर अछूत जैसा व्यवहार करते थे। लोग मुझे शूद्र कहने लगे थे। मेरी लिखी गयी रामकथा को क्या लोग शूद्र द्वारा लिखी गयी गाथा नहीं कहेंगे?"

"ऋषिवर! जब तुमने निकृष्ट कर्म किये तब समाज ने तुम्हें घृणित दृष्टि से देखा, जो उचित था। निकृष्ट कर्म करने वाले को समाज में कहीं भी मान-सम्मान नहीं मिलता। परन्तु अब तुम त्याग-तपस्या करके ऋषि पद को प्राप्त कर चुके हो तो अब लोग तुम्हें महात्मा की दृष्टि से देखते हैं। माता के गर्भ में जन्म लेने पर प्रत्येक व्यक्ति एकज बनता है। वेद विद्या के गर्भ से जन्म लेकर वह द्विज (द्वि-जन्मा) बनता है। वेदों के अनुसार, जायते शूद्रः संस्कारदाद्विज उच्यते अर्थात् जन्म से सभी शूद्र होते हैं, संस्कारों द्वारा उन्हें द्विज बनाया जाता है। जो द्विज नहीं बनता, वह शूद्र अर्थात् कठोर कर्म करने वाला होता है। इसलिए शूद्र को श्री का पुत्र भी कहा गया है। देखो अभियंता तक को शूद्र वर्ण में रखा जाता है, लेकिन वे कितने अच्छे वास प्रदाता हैं। इसलिए शूद्र ही श्री (शोभा) का संपादक होता है।

आप जानते हैं, श्री का पद कितना सुंदर और शोभनीय है! सभी वर्ण के देव व देवियाँ अपने आपको श्री, श्रीमान और श्रीमती कहलवाना पसंद करते हैं। प्रत्येक मनुष्य के दाहिने तलुए में पद्‍म और बाएं तलुए में श्री होती है। पद्‍म और श्री के कारण ही पगों का स्पर्श और पूजन किया जाता है। मानव समाज में शूद्र ही पग स्थानीय हैं, पद्‍म और श्री के अवतार हैं।

शूद्र परिश्रमी हैं और परिश्रम से पद्‍म और श्री पदों की प्रतिष्ठा समझी जाती है। अतः शूद्र समाज की श्री शोभा है, शूद्र त्याग और तप का दूसरा नाम है।

वर्ण व्यवस्था कर्मों से निर्धारित होती है। कर्मों के अनुसार शूद्र पिता के घर में जन्मा योग्य पुत्र को ब्राह्मण वर्ण में रखे जाने का विधान है और यदि ब्राह्मण का पुत्र नीच लक्षणों वाला हो तो उसे शूद्र वर्ण में रखने से समाज आज तक तो पीछे हटा नहीं है। शूद्रों को भी वेद पढ़ने और पंच महायज्ञ करने का अधिकार है। ब्राह्मण पुत्र पाराशव कितना विद्वान है, परन्तु उसकी माता शूद्र ही है। निषाद, चाण्डाल आदि जिनको आजकल पंचम वर्ण कहा

जाने लगा है, वे भी सूर्योदय के समय हवन करते हैं। ब्राह्मण सब वर्णों के हाथ का भोजन खाते हैं, इसलिए यह शंका कहाँ से आ गयी कि आपकी रामकथा को कोई पढ़ेगा नहीं?

"कई बार परिस्थितिवश मनुष्य अधार्मिक बन जाता है। लेकिन वेदों ने ऐसे आदमी को पुनः संस्कारित करने की आज्ञा दी है, ताकि वे समाज में मान-सम्मान के साथ जीवन यापन कर सकें। जल से शरीर, सत्य बोलने से मन तथा विद्या व तप से आत्मा शुद्ध हो जाती है। आप तो जन्म से आर्य ही है, थोड़ा मार्ग भटक गये थे और शीघ्र संभल भी गये, लेकिन कई आदमी ऐसे हैं, जो संभलते नहीं। निकृष्ट कर्म के कारण उन्हें वर्ण और धर्म से भी बहिष्कृत कर दिया जाता है।

विश्वामित्र आर्य राजा और ऋषि थे। उनके एक सौ पुत्र (नागरिक) अत्यंत विश्वास पात्र थे। उनमें से पचास नागरिक अधिकारों को दुरुपयोग करते हुए प्रजा को दुःख देने लगे। विश्वामित्र ने उनको अपने राज्य से निकाल दिया। उनके अधिकांश वंशज दस्यु, राक्षस और शबर हो गये और ऋषियों को सताने लगे। यज्ञ में हिंसा करने लगे। सोचो इससे धर्म व संस्कृति का कितना नुकसान हुआ होगा? इसलिए किसी को बहिष्कृत नहीं करना चाहिए और अपने बारे में भी कभी नकारात्मक विचार नहीं लाना। बल्कि आपको तो अब समाज को जोड़ने का काम करना है। आपको धर्मभ्रष्ट लोगों को किसी न किसी तरह धर्म और समाज की मुख्य धारा से ही जोड़ना चाहिए, क्योंकि धर्म से बहिष्कृत व्यक्ति जो पाप करता है, उससे देश तथा समाज की जो हानि होती है, उस सबका भागी वह समाज है जो उस पापकर्ता को जाति से बाहर निकालता है।"

"परमपिता, क्या कभी किसी विद्वान ने बहिष्कृत को शुद्धि संस्कार द्वारा पुनः आर्य बनाया है?"

"देवी सरस्वती ने समाज को जोड़ने का सबसे अच्छा प्रयास किया था।

देवी सरस्वती की आज्ञा से कण्व ऋषि अजप्त देश गये, वहां उन्होंने दस हजार अधार्मिक लोगों को धर्म और भाषा सिखाकर पुनः आर्य बनाया था। कर्मों के आधार पर वर्ण व्यवस्था स्थापित कर पृथु नाम के क्षत्रिय को राजा बनाया था।"

"परमपिता एक बात और पूछना चाहता हूँ, लेकिन थोड़ा संकोच हो रहा है।"

"संकोच कैसा? पूछो क्या पूछना चाहते हो?"

"यदि कोई अधर्मी किसी नारी का अपहरण करके ले जाए और अपने पास रख ले, लेकिन यदि वह कुछ दिनों बाद उससे मुक्त होकर आ जाए, तो क्या ऐसी स्त्री को घर में रखा जा सकता है?"

"अनार्य बहुत उपद्रव मचाते हैं। धर्म भ्रष्ट भी हैं। इतिहारा की साक्षी है कि ऐसे पथभ्रष्ट लोगों ने कई बार कन्याओं और औरतों का अपहरण भी किया है। परन्तु आर्यों में नारी का बहुत ऊंचा स्थान है। जहां नारी की पूजा होती है, वहाँ तो देवता निवास करते हैं। इसलिए नारी को बहिष्कृत करने का प्रावधान किसी भी शास्त्र में नहीं है।

आर्ष शास्त्रों को वचन है कि यदि कोई स्त्री अपहृत अवस्था में या विवशता में अन्य किसी कारण से परपुरुष से सहवास करती है, तो उस स्त्री को किसी बाह्य शुद्धि की आवश्यकता नहीं है। ऋतुकाल होने पर वह व्याभिचार के दोष से स्वतः मुक्त हो जाती है, अतः नारी को बाल, स्त्री या वृद्धा किसी भी अवस्था में बहिष्कृत नहीं करना चाहिए।" इस प्रकार महर्षि वाल्मीकि ने परम् पिता ब्रह्मा से अनेक प्रकार के प्रश्न किये और उनका उत्तर पाया। अंत में ब्रह्मा जी ने उन्हें उसी श्लोक छन्द में राम के चरित्र का वर्णन करने का आदेश दिया, जो पक्षी की हत्या के समय उनके मुख से प्रस्फुटित हुआ था।

और फिर!

ब्रह्माजी ने महर्षि वाल्मीकि जी को विश्वास दिलाते हुए कहा–"रामचरित

से संबंधित श्लोकबद्ध आपके द्वारा प्रणीत भावी काव्य में कोई भी वर्णन मिथ्या नहीं होगा अर्थात् ईश्वर की कृपा से इस समय आपकी वाणी में सत्य का ही निवास हो रहा है, अतः लोग क्या कहेंगे यह क्यों सोचते हो?"

"फिर भी लोग प्रश्न तो उठायेंगे ही!"

"हाँ, लोग चर्चा तो करेंगे ही, लोगों का काम तो होता ही है चर्चा करना, लेकिन वह चर्चा क्या होगी जानते हो?"

"क्या चर्चा करेंगे लोग?"

"वाल्मीकिरिति विख्यातो भुवनेषु महायशाः॥

यो वै रामकथां दिव्यां स्वै प्रबन्ध मनोहरैः।
लोके प्रख्यापमयामास कर्मबन्ध निकृंतनीम्॥

इसलिए हे ऋषि वाल्मीकि, असत्य की सत्ता या शंका का प्रश्न ही नहीं उठता–

न ते वागनृता काव्ये काचिदत्र भविष्यति।
कुरु रामकथां पुण्यां श्लोकबद्धां मनोरमाम्॥"

ऐसा कहकर ब्रह्माजी ने वाल्मीकि को यह भी विश्वास दिलाया–"आपके द्वारा प्रणीत रामकथा युग-युगान्तर में दिग्दिगन्तव्यापिनी होगी। अर्थात् इस धरती पर जब तक पर्वतों, नदियों और समुद्रों की सत्ता रहेगी, तब तक आपके द्वारा लिखी जाने वाली रामकथा को देश-विदेश में व्यापक प्रचार-प्रसार रहेगा–

यावत् स्थास्यन्ति गिरयः सरितश्च महीतले।
तावद् रामायणकथा लोकेषु प्रचरिष्यति॥"

ब्रह्माजी से मार्गदर्शन पाकर महर्षि वाल्मीकि का हृदय प्रसन्नचित हो उठा। इसके लिए उन्होंने परम् पिता को धन्यवाद दिया–"मार्गदर्शन के लिए बहुत-बहुत धन्यवाद परम पिता।"

"इसमें धन्यवाद की क्या बात है ऋषिवर!" आगे ब्रह्माजी ने कहा–"यह कहने की आवश्यकता नहीं कि कृति के साथ-साथ कृतिकार भी अमर रहता है। इसलिए हे ऋषिवर! तुम ऐसे ही प्रसन्नचित् रहो और ताड़पत्रों पर आज से ही रामकथा लिखनी शुरू कर दो। राम का ऐसा आदर्श मर्यादा पुरुषोत्तम चरित्र है, जिस पर लिखा जाने वाला काव्य निश्चित रूप से लोक में अमर रहेगा। ईश्वर रामचरित लिखने की शक्ति देकर तुम्हारा कल्याण करे।"

इस प्रकार महर्षि वाल्मीकि को आशीर्वाद देकर ब्रह्माजी वहां से अन्तर्हित हो गये। ब्रह्माजी जा चुके थे, लेकिन वाल्मीकि जी को इसका आभास ही नहीं हुआ, क्योंकि उनका ध्यान तो श्रीराम के चरित में ही स्थिर हो चुका था। परन्तु उनके शिष्य अपने गुरु के मुख से निकले श्लोक–मा निषाद प्रतिष्ठाम्–का गान करते हुए परस्पर एक-दूसरे से कहने लगे–

समाक्षरैश्चतुर्भिर्यः पादैर्गीतो महर्षिणा।
सोऽनुव्याहरणाद् भूयः शोकः श्लोकत्वमागतः॥

हमारे गुरुदेव का शोक ही श्लोक-समान 8-8 अक्षरों वाले चार चरणों से युक्त छन्दविशेष-के रूप में प्रकट हुआ है।"

इधर ब्रह्माजी के आदेश को शिरोधार्य करते हुए वाल्मीकि ने इस श्लोक में ही सम्पूर्ण रामचरित को लिखने का निश्चय किया। उन्होंने नारद जी से सुनी रामकथा का स्मरण किया तथा कुश के आसन पर बैठकर समाधि द्वारा श्रीराम के चरित्र का अनुसन्धान किया। योग-समाधि से श्रीराम के चरित्र को साक्षात्कार हो जाने पर महर्षि ने उसे महाकाव्य के रूप में निबद्ध करने की योजना बनायी।

वाल्मीकि की शरण में माता सीता

राजधर्म के पालन एवं श्रीराम ने मर्यादा की रक्षा के लिए पतिव्रता जानकी जी का त्याग करने का कठोर निर्णय लिया। वे जानते थे कि सीताजी संपूर्ण रूप से निर्दोष हैं।

सीताजी के वियोग में उन्हें कम दुःख नहीं होता था। यदि सीता त्याग में कोई कठोरता थी तो वह जितनी सीताजी के प्रति थी, उतनी ही या उससे अधिक श्रीराम की अपने प्रति भी थी। श्रीरामचंद्रजी तो जग में मर्यादा की रक्षा के लिए ही अवतीर्ण हुए थे। यदि आदर्श पुरुष अपने आचरण को साधारण रूप से ढीला भी रहने दें तो दूसरे लोग उसका उदाहरण लेकर बड़े-बड़े दोष करने लगते हैं। विवश होकर सीताजी को लंका में रावण के यहाँ बन्दिनी बनकर अशोक वाटिका में रहना पड़ा था। अब कुछ लोग इस बात को लेकर अनेक प्रकार की बातें कहने लगे थे। 'कहीं इस बात को लेकर स्त्रियाँ अपने अनाचरण का समर्थन न करने लगें और पुरुष भी आचरण न बिगाड़ लें।' यह सोचकर मर्यादापुरुषोत्तम को अपने ही प्रति यह भीषण कठोरता करनी पड़ी। उन्हें शासकों के सामने भी यह आदर्श रखना था कि प्रजा के आदर्श की रक्षा के लिए शासक को कहाँ व्यक्तिगत त्याग करने को तैयार रहना चाहिए।

श्रीराम की आज्ञा से विवश होकर लक्ष्मण जी ने श्री जानकी जी को अपने राज्य की सीमा से बाहर वन में तमसा नदी के किनारे महर्षि वाल्मीकि जी के आश्रम के समीप छोड़ते हुए कहा, "देवि! यद्यपि आप मेरे सामने ही अग्नि-परीक्षा देकर निर्दोष सिद्ध हो चुकी हैं तथापित नगरवासियों द्वारा विश्वास

न करने के कारण राजा श्रीराम ने तुम्हारा परित्याग किया है। पतिरूप में तो श्रीराम अपने इस निर्णय से दुःखी हैं, परन्तु वे राजा के कर्तव्य पालन के लिए विवश हैं। अब आपको इधर वन में ही रहना है।"

लक्ष्मण के मुख से यह बात सुनकर सीता स्तब्ध रह गयी।

वह सचेत होकर बोली, "लक्ष्मण! मैं तो दुःख भोगने के लिए ही उत्पन्न हुई हूँ, परन्तु मुझे चिंता इस बात की है कि जब वनों में रहने वाले ऋषि-मुनि मुझसे पूछेंगे कि श्रीराम ने मुझे किस अपराध के कारण छोड़ा है, तो मैं उन्हें क्या उत्तर दूंगी? किस मुंह से श्रीराम की प्रशंसा करूंगी और किन कानों से निंदा सुनूँगी? जिस लोकापवाद के भय से श्रीराम ने मुझे छोड़ा है, क्या उनके इस कृत्य से उनका यश फैलेगा?"

लक्ष्मण शांत रहे।

परन्तु दुःख और क्रोध के आवेग में सीता आगे बोली, "मेरी ओर से श्रीराम को कहना–

"नरशार्दूल! अन्ततः तुम भी एक साधारण क्षुद्र व्यक्ति ही सिद्ध हुए, जिसने क्रोध के वश में होकर मुझे एक साधारण स्त्री ही समझा। आपने भी साधारण पुरुषों द्वारा अपने को स्वामी और स्त्रियों को अपनी दासी समझ कर उनके प्रति मनमानी करने जैसा काम किया है।

सीता ने अपनी बात जारी रखते हुए आगे कहा–

"राम! तुम यह भूल गये कि तुमने मेरा पाणिग्रहण किया था अर्थात् मेरे पालन-पोषण और सम्मान-रक्षण का दायित्व लिया था। तुमने न तो अपने उस दायित्व की ओर ध्यान दिया और न ही मेरी भक्ति और मेरे चरित्र को गौरव दिया। तुम्हारे इस व्यवहार का क्या औचित्य है?"

लक्ष्मण भारी मन और अश्रूपूर्ण नेत्रों से सीता को प्रणाम करके वहां से चले गये। सीता पति द्वारा त्याग किये जाने पर बहुत दुःखित हुई। वह मन ही मन सोचने लगी, "हे भगवान, मैं क्या करूं? कहाँ जाऊं? पति ही स्त्री का

सर्वस्व है। जब पति ने ही मुझे त्याग दिया तो अब मेरे जीवन में रहा ही क्या है? इससे अच्छा तो मैं अपने जीवन का अंत कर लूँ।" यह सोचती हुई वह तमसा नदी के तट की ओर बढ़ने लगी। महर्षि वाल्मीकि देवलोक की सभा से भाग लेकर लौट रहे थे। उन्होंने देखा कि तमसा की ओर कोई दुःखित स्त्री बढ़ रही है। उन्हें यह समझने में देर न लगी कि वह स्त्री निश्चित ही आत्महत्या करने जा रही है। ऋषि झट से दौड़कर सीता के पास पहुंचे और पूछा, "पुत्री कौन हो तुम? और इस मृत्यु बिंदु की ओर क्यों बढ़ रही हो, क्या तुम्हें नहीं पता इधर जाना वर्जित है?" दुःख के कारण सीता का कंठ भरा हुआ था। वे कुछ न कह सकी। महर्षि ने सीता को गौर से देखा और फिर उन्हें जानकी को पहचाने में देर न लगी, "सीता तुम!"

इतना सुनते ही सीता ऋषि के चरणों में गिर पड़ी, "हाँ महर्षि मुझे मृत्यु बिंदु की ओर जाने से मत रोकिए। मेरे जीवन में कुछ नहीं रहा। श्रीराम ने मेरा त्याग किया है। अब मेरे जीवन में बचा ही क्या है? मुझे मत रोकिये गुरुदेव..मुझे मत रोकिए गुरुदेव।"

"राम ने तुम्हारा त्याग किया है।"

"हाँ महर्षि! पति परमेश्वर ने मेरा त्याग किया है। मुझे लंका में अकेले रहना पड़ा।" सीता ने फिर उठते हुए आगे कहा, "उस पर प्रजा ने शंका उठायी और लोकरंजन के लिए राम ने मेरा त्याग कर दिया।"

ऋषि ने शून्य की ओर देखते हुए कहा, "प्रजा ने शंका उठायी! अग्निपरीक्षा होने पर भी प्रजा ने शंका उठाई। और लोकरंजन के लिए राम ने तुम्हारा त्याग किया! आह..आह..ह..ह..ह..राम तुम सच्चे मर्यादा पुरुषोत्तम हो, तुम आदर्श महाराजा हो, तुमने आज अपने कुल की कीर्ति में और चार चांद लगा दिए।" फिर उन्होंने सीता के सिर पर हाथ रखते हुए कहा, "मैं मानता हूँ पुत्री तुम्हारे साथ अन्याय हुआ है, लेकिन राम के साथ भी तो अन्याय हुआ है। वह तुम्हें कितना चाहते हैं और तुम्हारा त्याग करते हुए उनकी क्या दशा हुई होगी?

यह मैं जानता हूँ। राम ने इतना दुःख सहकर भी राजधर्म का पालन किया है और तुम ऐसे आदर्श की राजा की महारानी होकर यह क्या कर रही हो? तुम राम के वंश के लिए भी तो कुछ सोचो!"

"ठीक है महर्षि! राम के गौरवशाली वंश के लिए मुझे जीवित रहना चाहिए। महाराज के कर्तव्य पालन में मुझे भी सहकार देना चाहिए। मुझे भी पत्नी धर्म का पालन करना चाहिए।" सीता की आंखों में आशा की नयी किरण जाग उठी, लेकिन उन्होंने फिर कहा, "लेकिन गुरुदेव यह सब मैं किस तरह कर सकूँगी? अयोध्या की प्रजा ने मुझ पर मिथ्या कलंक लगाये हैं।"

"अयोध्या की प्रजा! प्रजा को एक न एक दिन अपनी बात का पूरा प्रायश्चित करना होगा! तुम रोओ मत बेटी। इस तपस्वी की आंखों के सामने भविष्य स्पष्ट दिख रहा है। तुम्हारे नाम पर कभी भी कलंक नहीं आयेगा और तुम्हें एक आदर्श पत्नी मानकर सारा विश्व तुम्हारे नाम को श्रद्धा के साथ लेकर तुम्हारी पूजा करेगा।"

"परन्तु ऋषिवर.....?"

"परन्तु क्या पुत्री?"

"लोकरंजन के लिए मुझे निर्वासित किया गया मैं यदि इसे सही भी मान लूं तो, मेरे पति परमेश्वर को किस अपराध का दण्ड मिला है? वे मुझसे बहुत प्रेम करते हैं। मेरे बिना प्रभु श्रीराम का जीवित रहना असंभव है।"

"पुत्री! श्रीराम को जिस अपराध का दण्ड मिला है मैं जानता हूँ।" फिर उन्होंने आगे बताना शुरू किया, "एक बार जब महर्षि दुर्वासा वशिष्ठ जी के आश्रम में ठहरे थे कि उसी समय महाराज दशरथ का वहाँ आगमन हुआ। महाराज ने दोनों महर्षियों का भक्तिपूर्वक अभिवादन किया और कुशल-मंगल के आदान-प्रदान के बाद पूछा–महर्षियो! आप कृपया मुझे बताएँ कि मेरा वंश कितने समय तक चलेगा?

यह सुनकर दुर्वासा जी बोले–राजन्! एक समय प्राचीन काल में देवों से

पराजित दैत्य महर्षि भृगु की पत्नी की शरण में आये तो उस देवी ने उन्हें आश्रय दे दिया। विष्णु के कहने पर जब भृगु पत्नी ने शरणगतों को निकालना स्वीकार नहीं किया, तो क्रुद्ध होकर विष्णु ने उसका वध कर दिया और दैत्यों को बंदी बनाकर ले गए। तीर्थयात्रा से लौटने पर जब भृगु जी को विष्णु द्वारा अपनी पत्नी की हत्या का पता चला तो वे पत्नी वियोग से बहुत दुःखित हुए और उन्होंने विष्णु को शाप दिया कि तुम भी पत्नी वियोग का दण्ड भोगोगे। लेकिन उस जन्म में विष्णु को पत्नी वियोग नहीं हुआ। परन्तु ऋषियों का कथन कभी मिथ्या तो नहीं हो सकता। शाप को तो सार्थक होना ही था। कालांतर में विष्णु ने श्रीराम के रूप में तुम्हारे घर जन्म लिया है। श्रीराम को पत्नी वियोग भी भुगतना पड़ेगा।

यह आख्यान सुनाने के बाद महर्षि वाल्मीकि सीता को आश्वस्त करके अपने आश्रम ले आये। आश्रम के मुख्य द्वार पर पहुंच कर वे बोले, "पुत्री! इस आश्रम में तुम्हारा स्वागत है। इसे अपना घर समझो और चिंता, शोक छोड़ कर प्रसन्नतापूर्वक यहाँ निवास करो।"

ऋषि अपनी कुटिया में चले गए तो ऋषि पत्नी ने पैर धोकर उनके लिए भोजन लगा दिया और फिर बताया कि वनदेवी संतान को शीघ्र ही जन्म देने वाली हैं, इसलिए आप आश्रम से कहीं बाहर जाने की योजना मत बनाना।

लव–कुश का जन्म

आश्रम में सीता के आगमन से हृदय से अत्यंत व्यथित महर्षि वाल्मीकि को अपना काव्य अधूरा लगा। राम-सीता वियोग से दुःखित कवि हृदय ने पुनः कलम उठायी और आगे की रामायण लिखनी शुरू कर दी। सीताजी आश्रम में किस प्रकार रहती थीं और आश्रम की अन्य औरतों के साथ उसका बर्ताव कैसा था? यह सब वह देखते रहते थे और उसे कलमबद्ध करते थे। वाल्मीकि जी को इस बात पर बड़ा आश्चर्य हुआ कि जो कुटिया उन्होंने सीताजी के लिए बड़े परिश्रम से बनवाई थी, उसमें जानकी ज्यादा नहीं रहती थीं।

वह तो पास वाली घास-फूंस की कुटी में ही ज्यादा समय बिताती थीं और अधिकांशतः उसी घास-फूंस वाली कुटिया में सो जाती थीं। सचमुच सीताजी तो दोबारा वनवास ही भोग रही थीं। आश्रम में उन्होंने महर्षि से यह भी शपथ ले ली थी कि वे किसी के समक्ष यह नहीं कहेंगे कि मैं सीता हूँ। इसलिए उनका नया नाम वनदेवी रखा गया था।

जिस समय सीता जी ने वाल्मीकि आश्रम में शरण ली, उस समय वह गर्भवती थीं। उन्होंने कुछ दिनों बाद एक बच्चे को जन्म दिया। महर्षि वाल्मीकि ने सीताजी के नवजात का नाम लव रखा। लव दो माह का हुआ होगा कि श्राद्ध मास (कनागतों का महीना) शुरू हो गया। उस दिन अमावस्या थी। सीताजी ने अपने श्वसुर स्वर्गीय महाराजा दशरथ का विधिवत् श्राद्ध करने का संकल्प लिया। गाय के दूध में सीमियाँ बनाई। आटे की चार कच्ची-पक्की रोटी तैयार की और श्राद्ध तथा तर्पण की अन्य आवश्यक पूजा सामग्री लेकर वह सोते हुए लव को महर्षि वाल्मीकि के पास लिटाकर तमसा नदी के तट

की ओर चल पड़ीं। लव तो सो रहा था, इसलिए महर्षि आँखें बंद कर ईश्वर का चिंतन करने लगे।

उधर सीताजी थोड़ी आगे चली ही थीं कि उन्होंने सोचा, "श्वसुर के श्राद्ध की सारी क्रियाएं यदि पौत्र के हाथ से करा दी जाएँ तो मृतक को अवश्य ही मोक्ष की प्राप्ति हो सकती है। लव है तो दो माह का लेकिन दशरथ का सबसे बड़ा पौत्र होने के कारण यह उचित होगा।"

यह सोचकर वह वापस आईं। महर्षि को आँखें बंद करे देखकर सीता जी ने सोचा कि वाल्मीकि जी समाधिस्थ हो गये हैं। उन्होंने धीरे से लव को गोद में उठा लिया और तमसा के तट की ओर चल पड़ीं। तमसा तट पर पहुंचकर उधर, सीताजी पुत्र के साथ श्राद्ध का कर्मकाण्ड करने लगीं, लेकिन इधर थोड़ी देर बाद महर्षि ने आँखें खोली तो उनके सामने लव था ही नहीं। होता भी कैसे उसे तो सीताजी ले गयी थीं।

महर्षि ने आश्रम में लव को सब जगह खोजा, परन्तु कहीं न पाकर वे चिंतित हो उठे। महर्षि के आश्रम में जंगली और हिंसक पशु भी प्रतिदिन प्रवचन सुनने आते थे। उन्होंने आजतक कोई हिंसा नहीं की थी, लेकिन फिर भी जानवर तो जानवर ही होते हैं, इसलिए महर्षि ने सोचा कि लव को जरूर कोई जंगली जानवर उठाकर ले गया है। महर्षि वाल्मीकि सीधे जीव विज्ञान की अनुसंधानशाला में पहुंचे। अनुसंधानशाला में उनका शिष्य भरद्वाज कुछ प्रयोग कर रहा था। महर्षि वाल्मीकि ने भरद्वाज से पूछा, "शिष्य! वनदेवी के पुत्र लव का रक्त बिंदु सुरक्षित है क्या?"

"जी! द्रव्यशरीरं नरकंस्वर्गमपार अम्ल के लिए आज ही सुबह उसके रक्त की एक बूंद ली गयी थी।"

"हमारी अनुसंधानशाला में द्रव्यशरीरं नरकंस्वर्गमपार अम्ल से शरीर के कृत्रिम अंग बनाये जाते हैं, क्या संपूर्ण मानव को प्रतिरूप भी बनाया जा सकता है?"

"अभी तक तो ऐसा संभव हुआ नहीं।"

हमने सुना है कि रावण ने अपहरित की गयी सीता जी के द्रव्यशरीरं नरकंस्वर्गमपार अम्ल से एक कृत्रिम सीता का प्रतिरूप तैयार किया था। चूंकि वह प्रतिरूप सीता के शरीर के अंश से ही विकसित किया गया था, इसलिए उसने भी रावण को अपना शरीर नहीं छूने दिया और राम का नाम लेकर बराबर रोती रहती थी।"

"सुना तो हमने भी है, लेकिन अभी तक ऐसा प्रयास नहीं किया, क्योंकि मानव का प्रतिरूप बनाना नैतिकता की दृष्टि से उचित नहीं।"

"नैतिकता की बात छोड़ो और जल्दी लव का रक्तबिंदु ले आओ।"

"क्षमा करें ऋषिवर! परन्तु आप क्या करना चाहते हैं।"

"मैं लव की प्रतिमूर्ति बनाना चाहता हूँ।"

"लव को कोई जंगली जानवर उठाकर ले गया। इसलिए जब तक आश्रम में वनदेवी आये तब तक लव की प्रतिमूर्ति बनाना आवश्यक है।"

"परन्तु यह कैसे संभव है, प्रतिमूर्ति तैयार करने में कम से कम 270 दिन चाहिए।"

"दो सौ सत्तर नहीं, हमें दो घंटे में ही ऐसा करना है। नहीं तो वनदेवी लव के वियोग में जीवित नहीं रहेगी। बेचारी पहले ही दुःखिया थी और अब मैं नहीं चाहता कि उस पर दुःख का एक और पहाड़ टूटे।"

"परन्तु ऋषिवर यह कैसे संभव है!"

"यह शरीर बना तो पंच महाभूतों से ही है ना और इसमें प्राण का वास होने से यह गतिशील रहता है, जब तक शरीर में प्राण रहता है, तब तक ही जीवन रहता है। मैंने प्राण विद्या पर भी गहन अनुसंधान किया है। प्राण संसार का स्वामी और नियंता है। प्राण ही संसार का आधार है। मनुष्य से लेकर चींटी तक सभी प्राण पर ही निर्भर हैं, इसलिए पंचमहाभूतों का महत्व प्राण से ही है। पंचमहाभूतों से प्रयोगशाला में किसी की प्रतिमूर्ति तो बनायी

जा सकती है, लेकिन उसमें प्राण डालना तो ईश्वर के अधीन है। फिर भी प्राणविद्या का ज्ञाता यह सब करने में सक्षम होता है। मानव प्रतिमूर्ति (क्लोन) और प्राण विद्या के क्षेत्र में मैंने रावण से अधिक अनुसंधान किया है, लेकिन कभी आपको तथा अन्य शिष्यों को यह शिक्षा नहीं दी, क्योंकि मैं जानता हूँ कि किसी की प्रतिमूर्ति बनाना नैतिकता की दृष्टि से उचित नहीं है। परन्तु आज लव की प्रतिमूर्ति बनाने का समय आ गया है। तुम कुश घास की लुगदी तैयार करो।"

"जी गुरुदेव।"

शिष्य ने क्षणभर में कुश की लुगदी तैयार कर दी।

और फिर महर्षि वाल्मीकि ने कुश घास की लुगदी की सहायता से लव के सुरक्षित रखे गये रक्त बिंदु से उसका प्रतिरूप बनाना शुरू किया। प्रयोगशाला में एक रक्त बिंदु से एक के बाद एक नयी-नयी कोशिकाएं बनती चली गयी।

मानव शरीर कोशिकाओं से ही तो बनता है। 70-80 वर्ष की आयु तक पूरा शरीर 9-10 बार मरकर नया बन चुका होता है। जीवन और आत्मा दोनों अलग-अलग हैं। मृत व्यक्ति के शरीर में नाखून और बाल बढ़ते रहते हैं, जो जीवन कहा जा सकता है, लेकिन वह आत्मा नहीं है। आत्मा तो अजर अमर है। आत्मा को तो न काटा जा सकता है और न जलाया जा सकता है। जब किसी भी व्यक्ति के शरीर में कोशिकाएं बनना बंद हो जाती हैं और पुरानी कोशिकाएं जीवन चलाने योग्य नहीं होती, तब आत्मा शरीर का त्याग कर देती है। लेकिन जब माँ के पेट में गर्भ बनने लगता है, तो आत्मा उचित वासस्थल देखकर उसमें प्रवेश कर जाती है। गर्भ के अंदर आत्मा सातवें माह में प्रवेश करती है। इसलिए सात माह तक शरीर जीवन के कारण बढ़ता है, न कि आत्मा के कारण। पेड़-पौधों में जीवन होता है, आत्मा नहीं। इसलिए तो वट वृक्ष की शाखा से नया वृक्ष बन जाता है। प्रयोगशाला में लव का प्रतिरूप तैयार किया गया। परखनली शिशु की जो रासायनिक क्रियाएं दो सौ

सत्तर दिन में होनी थी, यंत्रों के माध्यम से वे एक घंटे में ही संपन्न करा दी। उसके बाद महर्षि ने आत्मा का आह्वान किया तो लव की प्रतिमूर्ति में आत्मा विराजमान हो गयी। बच्चा रोने लगा। इस उपलब्धि पर देवों ने वाल्मीकि को ब्रह्म ऋषि की उपाधि दी।

महा-समाधि

जीवन के उत्तरार्द्ध में महर्षि वाल्मीकि ने अपने आश्रम में ही लव और कुश दोनों के सब वैदिक संस्कार संपन्न कराये। बालक ज्यों-ज्यों बड़े होने लगे महर्षि वाल्मीकि उन्हें उनकी आयु के अनुसार ही शिक्षा देने लगे। दोनों ही बालक बड़ी ही तीक्ष्ण बुद्धि के थे। महर्षि वाल्मीकि के आश्रम में शिक्षा देने का उद्देश्य था-शिष्य का सर्वांगीण विकास। उनकी ज्ञान ज्योति को प्रबुद्ध करना, उन्हें प्रखर से प्रखर बनाना और उनके जीवन को सर्वथा सौभाग्यशाली बनाना। महर्षि वाल्मीकि चाहते थे कि विद्या के साथ-साथ व्युत्पत्ति (सुमति, विवेक) का समन्वय भी हो, अतः वे कहते थे कि सरस्वती के साथ धी (विवेक) भी होना चाहिए। इस उद्देश्य की प्राप्ति के लिए उन्होंने दो साधनों को चुना-तप (कठोर अनुशासन) और दीक्षा (समर्पण)। कठोर अनुशासन और आत्मसमर्पण ही उनके उद्देश्य की पूर्ति कर सकता था।

चार-पांच वर्ष की आयु उन्हें अस्त्र-शस्त्र की शिक्षा दी जाने लगी। गुरुदेव उन्हें जहां जंगलों में लक्ष्य वेधना सिखाते थे, वहीं सीताजी आश्रम में ही उनसे प्रयोग करवाकर यह देखा करती थीं कि आज उनके लाड़लों ने क्या-क्या सीखा है? किन-किन अस्त्र-शस्त्रों की शिक्षा दी जा रही है सीताजी स्वयं इस बात का निरीक्षण करती थीं। दोनों बालक थोड़े और बड़े हुए तो उन्हें अस्त्र-शस्त्र की शिक्षा के साथ पवित्र वैदिक शास्त्रों की शिक्षा भी दी जाने लगी। महर्षि उन्हें स्वयं लेखनी हाथ में पकड़नी सिखायी और शब्दों का ज्ञान कराया। प्रतिदिन उन्हें विविध विषयों की शिक्षा दी जाने लगी। महर्षि इन दोनों बालकों में शारीरिक, मानसिक और आध्यात्मिक सभी शक्तियों के विकास का समावेश चाहते थे। इसलिए उन्हें प्राणायाम, योगविद्या, शस्त्रास्त्र विद्या, मल्लयुद्ध, आयुर्वेद,

धनुर्वेद, गणित, ज्योतिष आदि सभी विषयों को विधिवत् पढ़ाया जाने लगा। इन सबके अतिरिक्त महर्षि ने उन्हें अपने 'वाल्मीकीय रामायण' का गान भी उनको सिखाया। सात काण्ड और पाँच सौ सर्ग वाले इस चौबीस हजार श्लोकों में बने हुए श्रीरामचरित को जब दोनों कुमार अपने कोमल, सुमधुर स्वर में संगीत-शास्त्र के अनुसार गान करने लगते थे, तब स्रोता मुग्ध हो जाते थे।

कुछ ही दिनों बाद राम ने अश्वमेध यज्ञ किया और यज्ञ का अश्व छोड़ दिया। नियम यह था कि अश्व जिस भी राजा के राज्य से होकर गुजरता था, उसे राम की पराधीनता स्वीकार करनी पड़ती थी या फिर जो अश्व को पकड़ लेता था तो उसे युद्ध करना पड़ता था। जब यह अश्व वाल्मीकि आश्रम से होकर गुजर रहा था, तो उस यज्ञ के अश्व को लव-कुश ने पकड़ लिया, परिणाम स्वरूप लव-कुश को राम की सेना से युद्ध करना पड़ा। युद्ध में राम

की सारी सेना हार गई। सीता जी को जब यह पता लगा तो वह शोक सागर में डूब गई कि उसके बच्चों ने अपने ही परिजनों को युद्ध में हराया है। इस पर वाल्मीकि ने उसे समझाया कि वनदेवी आपके पुत्रों ने तो अयोध्या की सेना को हराकर अपने कर्तव्य का पालन किया है। लेकिन अंत में जब राम लव-कुश से युद्ध करने चले तो सीता ने लव-कुश को बता दिया कि ये ही तुम्हारे पिताश्री हैं और पिताश्री से युद्ध नहीं किया जाता। राम को भी यह बात पता चल गई।

राम सीता को दोबारा अयोध्या की महारानी बनाना चाहते थे, लेकिन सीताजी ने धरती माता की गोद में समाकर अपने सतीत्व को एक बार और प्रमाण दिया। सीता के अन्तर्हित हो जाने को देखकर उपस्थित लोग सीता के सतीत्व की सिद्धि पर हर्ष प्रकट करते हुए उसके लुप्त हो जाने पर शोक से पीड़ित हो गये। सभी लोग मोहाच्छादित होकर कुछ निर्णय नहीं कर सके कि यह अच्छा हुआ है अथवा बुरा। इसके पश्चात् रामचरित के विषय में कहने को कुछ नहीं रह जाता। लव-कुश को जन्म से पिता नहीं मिले थे और जब पिता मिला और उसने उन्हें हृदय से लगाया, तब स्नेहमयी माता नहीं रहीं। अयोध्या के युवराज होने का सुख उन्हें भला क्या सुखी कर सकता था।

सीता के अन्तर्हित हो जाने और श्रीराम द्वारा लव-कुश को युवराज घोषित किये जाने के बाद महर्षि वाल्मीकि अपने आश्रम में चले आए। सीता को वे अपनी पुत्री से भी बढ़कर मानते थे और लव-कुश को तो वे अपने हृदय का टुकड़ा ही समझते थे। इन सबके वियोग में वे दुःखित रहने लगे और कहते हैं कि एक दिन उन्होंने तमसा के किनारे समाधि लगाई तो वे फिर उठे ही नहीं और इस प्रकार वर्ष-दर-वर्ष गुजरते गए और दीमकों के उनके शरीर पर अपने घर बना लिए। कुछ लोगों का कहना है कि वाल्मीकि जी आज भी भूमिगत समाधि में ईश्वर साधना में युगों-युगों से लीन हैं।

•••

प्रश्नोत्तरी

1. महर्षि वाल्मीकि के बचपन का नाम क्या था?

(अ) वल्लम सिंह (ब) रत्नाकर

(स) वेद व्यास (द) अर्जुन

2. महर्षि वाल्मीकि की जयंती कब मनाई जाती है?

(अ) आश्विन मास की शरद पूर्णिमा को (ब) एकादशी को

(स) 26 जनवरी को (द) 15 अगस्त को

3. नारद से पहले रत्नाकर की भेंट किससे हुई थी?

(अ) सप्त ऋषियों से (ब) भृगु से

(स) राम से (द) श्रीकृष्ण से

4. महर्षि वाल्मीकि ने कौन-सा ग्रंथ लिखा?

(अ) महाभारत (ब) वेद

(स) रामायण (द) उपनिषद

5. लिखित मुनि के भाई का क्या नाम था?

(अ) शंख मुनि (ब) कश्यप मुनि

(स) नारद मुनि (द) धर्म मुनि

उत्तर

1. ब 2. अ 3. अ 4. स 5. अ